悪役魔術師は黒豹王子の愛され花嫁

ＢＬゲーム世界に転生したら強制的に秘密ルートで攻略対象の番になりました

森崎結月

illustration：北沢きょう

アンリ・ルシュール（忍）
レオンス・ブランシェ

マティアス・ブランシェ
シアン・グリエット（翔）
ジュスト・グランデ

悪役魔術師は黒豹王子の愛され花嫁

ＢＬゲーム世界に転生したら強制的に秘密ルートで攻略対象の番になりました

■プロローグ　ループするBLゲームの世界

「──待って。元の世界に戻れるんじゃなかったの？」

まずは、そのセリフが発生する前の話に遡っておこう。
見た目ダウナー系と周りからよくいわれる僕、フリーター大月忍《おおつきしのぶ》は、六月を迎えたある休日の昼頃
食料を調達するため、ふらっと外に出た。
コンビニを目指して紫陽花《あじさい》が街路樹を彩る通りを歩くと、途中で花のいい香りがしてきた。近くの
花屋でバイトをしている青年が、青い花を丁寧に手入れしている様子が目に映った。
「いらっしゃいませ。青系のお花ですね。ブーケはどのような形にお作りしましょうか」
バイトらしき青年が接客しているのを尻目に花屋を通り過ぎ、僕はさっきまでやっていたBLゲー
ムの続きの展開を妄想した。
（……メインルートと個別ルート全員終わったし、いよいよ特殊ルートか。気になるからさっさと昼
を済ませて進めよう）

コンビニに到着し、適当にサンドイッチとスイーツ、それから紅茶を買い込み、いそいそと自宅へ急ぐ。

その道すがらのことだった。いきなり目の前で巨大な地割れが発生したのは。

（え、嘘《うそ》だろ——？）

身構える間もなかった。そのまま暗闇に吸い込まれていき、僕の意識はまるでパソコンをシャットダウンするみたいに強制的に失われた。

あ、死んだ——。

あっけなさすぎる、残念な人生のゲームオーバー。

僕にはお似合いかもな、と自分の不運に失笑してみたものの、何か様子がおかしいことに気付く。自我があるということは、意識が回復したことを意味していた。

やがてじわじわと目の前に広がりはじめた景色に驚いた。

なぜならそこは、西洋《せいよう》風の街並みで、ついさっきまでプレイしていたＢＬゲーム『シークレット・クラウンテイル』そっくりの世界だったからだ。

「え——ええっ!?」

オープニングとエンディングで見られる風景そのままが再現されたかのような眼下の景色に、僕は啞然《あぜん》としたまま魅入られた。

ゲームの内容はというと、平民の主人公がある日、攻略対象の王子や騎士に見初められ、花嫁候補として選ばれるという王道のロイヤルロマンスだ。

自分の身なりを確認したところ、オーバーオールにパーカーを羽織った服装のままだったので、どうやら僕は死んだわけではなく、ラノベや漫画の世界みたいに異世界に転生したわけでもなく、この身のままゲームの中に召喚された……と考えていいだろうか。

そんな僕は導かれるままに花屋またはカフェのような外観の薬屋にたどり着くと、店主らしき眼鏡をかけた初老の男性に「お待ちしておりました」と言われ、店の奥にある占い師の部屋のようなところに案内された。

部屋の中央には薄紫色《うすむらさき》の水晶《すいしょう》のオブジェが輝きを放ち、麝香《じゃこう》の馨《かぐわ》しい匂いが漂っていた。いかにも胡散臭《うさんくさ》いというか、怪しい場所だった。

いきなりやばい男が現れて襲われるとか、売人がやってきて何かを売りつけられるとか、そんな想像をしながら恐る恐るといったふうに歩みを進めると、突然アクリルガラスの箱のような選択肢が現れた。

『水晶に触れる』

いきなりのことに首を傾《かし》げたが、僕に拒否権はなかったらしく点滅に急《せ》かされる。選択肢はいわゆる強制選択肢というものだったらしい。僕は吸い寄せられるように水晶に触ってしまった。

ぱっと閃光《せんこう》が走った。まばゆい光に目を瞑《つぶ》り、それからゆっくりと瞼《まぶた》を開く。

いったい何が起こったというのだろうか。

僕は鏡に映っている別人の容姿に愕然《がくぜん》とした。

「な、何これ——」

自前の癖のある茶髪は漂白されたかのように真っ白になり、クォーターのせいで青みがかっていた瞳は、妖しげな緋《ひ》色に煌《きら》めいている。そして自分の身体をまとうものは先ほどの服装ではなく、フード付きの黒いローブに変わっていて、全身は禍々《まがまが》しい灰褐《はいかっしょく》色の光に包まれていた。

「あなたは魔術師に選ばれました。才能の開花はいくつかの試練を乗り越えたあとに、用意されるでしょう」

店主（どうやらこの男が店主らしい）は感情の見えない声で言った。それには、何かのアナウンス音あるいはシステム音みたいな不気味さがあった。

「……は？　僕が魔術師だって？」

ＢＬゲーム『シークレット・クラウンテイル』における『魔術師』はゲーム内ではいわゆる『悪役』のひとりで、攻略キャラや主人公らを翻弄する隠しキャラとして、公式サイトで詳細は伏せられている。また、魔術師は『特殊ルート』にのみ出現することになっているはずだった。

つまり、ここはゲームでもさらに特殊ルートの中にいるということだろうか。元の世界ではまだ特殊ルートをプレイしたことはなかった僕には確かめようがなかった。

（そうだよ。コンビニから自宅に戻ったあとプレイする予定だったのに……なんでこんなことに）

困惑している間に、また別のアクリルボックスが浮かび上がった。

『ルート解放』『スキル獲得：謎の魔術師』『属性付与：干渉魔法』

「何これ……」

「それが、現在のあなたのスキルです。これより、あなたの使命をお知らせします」

薬屋曰《いわ》く、僕に与えられた使命は――獣憑《つ》きの呪いにかかった王族の子孫繁栄と王室の存続に関わるミッションとして、悪役令息として転生してきた主人公のシアンに干渉し『特殊ルート』の物語を動かすように仕向ける役割――ということだった。

「はぁ」

まったくピンとこない。脳内には靄《もや》がかかったままだ。僕は現実味のない状況にただ目を白黒させるだけだった。

「再度、説明を聞きますか？」

薬屋はまたシステム音声のような抑揚のない声で尋ねてきた。

説明？　まずはこちらの文句が先だろう。

僕はまだ十九歳だというのに、本人の許可なく勝手に白髪に変えられたのだ。瞳だって充血したみたいな色で気味が悪いし、黒いフード付きのローブというまるで魔女みたいな怪しい格好をさせられた挙句、理不尽なミッションに困惑した僕は当然、薬屋に詰め寄った。

「使命がどうとか僕には関係がないし興味がありません。元の世界に戻るにはどうしたらいいんですか？　それを教えてもらえませんか？」

「誠に残念ですが、少なくともミッションを達成しなければ、先には進めません。魔術師として召喚されたあなたに、使命を放棄することはできません」

「いや、先に進むんじゃなくて戻せって言ってるの。こんなの、僕の意思ではないんだけど！」

「では、ひとつ助言をいたしましょう。まずは攻略対象のマティアス王子と悪役令息シアンをこの特殊ルートにおけるハッピーエンドに導いてみてはいかがでしょうか」

話が通じていない。薬屋は人間ではなくひょっとしてシステムマスターを兼ねている存在なのだろうか。こちらの話を聞いているようで、誘導して答えを出させようとしていてやはり気味が悪い。

結局——いくら拒んでものれんに腕押し状態。会話が一向に成り立たないまま、不本意ながら、半ば強制的に僕はこの世界で魔術師として暗躍することになってしまったのだった。

（……本当に理不尽な話だよ、これ）

どうせなら僕が主人公になって攻略対象と結ばれるというルートが欲しかった。

何よりおかしいのが、主人公のアンリ【デフォルト名】ではなく、悪役令息として登場するシアンが攻略対象のマティアスとくっつくことになるという展開だ。なぜか元の世界における正規のゲームの仕様と異なっているのだ。それがこの世界における特殊ルートの設定ということなら呑《の》み込むしかないわけだが。

（無茶苦茶だし、はちゃめちゃに意味がわからなさすぎる……）

まぁ召喚される前に元の世界でとりあえずメインルートと個別ルートのエンディングまで見ていた

僕は、各々のキャラクターについてある程度のことは把握していたので、魔術師に付与された干渉魔法のスキルを使って彼らを手助けすること自体はそう難儀なことではなかったのだけれど。

それから——。

紆余曲折《うよきょくせつ》を経て、いかにも怪しい間者のような格好をしてあちこちに潜伏していた僕は、とりあえずシアンとマティアスに干渉し、二人のハッピーエンドまで見届けることができた。そこまではゲームの続きをしているような気分だった。

(なんとか……長かった)

そして、ミッションをこなした僕は二人の前から退場した。どうやら魔術師は謎の存在として影のように描かれていて、必要な行動をこなしたら消える設定になっていたようだ。

どんな仕掛けで僕がゲーム内に召喚されたかは謎のままだが、とにかく任務は無事に遂行できたのだから問題はないだろう。

そうしてシアンとマティアスのハッピーエンドを見送った僕は安堵《あんど》した一方、少しだけ感傷的な気持ちになっていた。これで終わりなのだと思うと、名残惜しいという気分だったのかもしれない。こんな体験はそうそうできることじゃないからだ。ＶＲ《ヴイ・アール》世界に飛び込んでゲームをクリアしたあとの喪失感みたいな感じかもしれない。

でも、元の世界に戻ったら今度は自分がプレイヤーとしてまだやっていない特殊ルートを攻略する楽しみがある。このままのエンディングなら若干ネタバレを踏んだような気がしないでもないが……

そこは気持ちを切り替えて、ジョブチェンジの元となった薬屋の店を訪ねて終わるつもりだった。

(ひょっとしたらネタバレに関わる部分の記憶は消されるかもしれないし。ほら、リセットボタンを押すみたいに)

そんなことを考えながら薬屋に入った途端、ふっと意識が遠のき、さっそく元の世界に戻れることを期待した——が。

何か様子がおかしかった。

ブラックアウトしたあと、再び意識が戻されたからだ
そして、最初に召喚されたときのようにゲームの世界に再び吸い寄せられていく気配を察知したのだ。

まさか。

次はどこに呼ばれるというのか焦りながらもがいていると、その先に見えた景色は……再び『シークレット・クラウン』のゲームの世界だった。

そこで、冒頭の叫びに立ち戻ることになる。


「——待って。元の世界に戻れるんじゃなかったの?」

（騙《だま》された！）

僕は愕然とした。これでは単に『ループ』しただけ、ここにまた戻されただけだ。

すぐ様、薬屋に苦情を申しつけると、こんなことを言われてしまった。

「回答いたします。特殊ルートのハッピーエンド後に解放されたルートもしくはエンドのために、あなたの存在が再び必要になったということではないでしょうか」

他人事《ひとごと》のように言う薬屋の男が憎たらしい。

どんな想《おも》いでこの数ヶ月がんばってきたというのか、僕は泣きたい気持ちだった。

「そ、そんな。約束と違うじゃないか！　僕は特殊ルートのシアンとマティアスをハッピーエンドに導けばいいっていう話だったはずなのに！　なんでその先々まで延長してミッションが勝手に追加されるのさ」

「私は確かに助言をいたしました。ですが、あくまでそれはヒントです。必ず……とは申し上げておりません」

「はぁ!?　そういうこと言っちゃうの!?　これは立派な詐欺だ！　詐欺師め！」

そもそも悪役の魔術師に、悪役の侯爵令息と王子が結ばれるためのキューピッドの役割を与えることだって歪《ゆが》んでいる。そうだ。この世界はちょっとおかしい。いや、かなりおかしい。元のゲームとそっくりそのままに捉えていたら、そのうちもっと痛い目に遭いそうだ。

「私はただの仲介人ですからなんとも言えません。ですが、望まれるのであれば、引き続き、助言はいたしましょう。ハッピーエンドのその先にたどり着いてこそ真のハッピーエンド＝トゥルーエンドというものも世にはありますからね」

薬屋の謎かけのような口ぶりに、僕はピンと閃《ひらめ》いた。

「あ、そういえば……」

薬屋の言う特殊ルートというのは、この世界における、主人公以外の悪役令息が攻略対象のひとりであるマティアスと結ばれるルートのことをさしているようだが……。

そういえば、元の世界のゲーム内ではメインキャラ攻略後に解放されるトゥルーエンドや隠しキャラによる特別エンドが存在し、その他にも、ＩＦ《イフ》として存在する特殊ルートがあるとされていたけれど。

その特殊ルート攻略後のその先にもさらに秘密ルートが二つあるらしい……と公式サイトでぼかされていた気がする——多分。

（ん？　あれ？　そうだったよな？　どうだったっけ？）

では、考察するに、この世界でマティアスとシアンをくっつけたことが、その秘密ルートの解放条件だったということだろうか。

（頭が……痛い）

謎の魔術師として召喚された僕だけれど、本当に謎の人物といえるのは目の前の薬屋の男だと思う。

いかにもシステムマスターみたいな受け答えをしているように見せかけて腹の内側には何かありそうだ。

僕はじっと薬屋の男を観察した。

彼は食えない顔をしてこちらの内心を覗《のぞ》き込んでいるような感じがある。一見、人好きのする雰囲気ではあるけれど、彼には底知れない何かがありそうだ。たとえるなら微笑《ほほえ》みの仮面をつけた悪魔――もしや僕は知らぬうちに悪魔と契約してしまったのではないだろうか。

顔から血の気が引いた。

そして、まさかと思うが、この男も実は隠しキャラというオチではないかと疑ってしまう。

「なんだか、妙な目を向けられているような気がしますが、また質問でしょうか？」

気がするのではなく、実際に僕は目の前の男に疑惑の目を向けているのだ。

不貞腐《ふてくさ》れた顔で僕は彼に問うた。

「じゃあ、また特殊ルートの次に解放された秘密ルートの攻略対象のひとりをハッピーエンドにもっていけばいいっていうこと？」

誘導されるのも癪《しゃく》なので、僕も自分なりの解釈をしてみることにする。

特殊ルートでは悪役の侯爵や魔術師の立ち位置が攻略できる主人公に変わるということではないだろうか。マティアスと結ばれたシアンや前回の謎の魔術師として召喚された自分のように。

そうなると秘密ルートが二つというところも気がかりだ。まさかと思うが、ひとつクリアしても、二つ目をクリアさせるためにまたループさせるのではないかという疑惑が湧く。

（そこまでしないと戻れない……とかじゃないだろうな）

気が遠くなる話にまた頭痛が酷《ひど》くなる。

様々な疑念の目を向ける僕に対し、目の前の薬屋は眼鏡の奥の切れ長の目を細めて微笑を浮かべるだけだった。

「さあ。神の思し召《おぼめ》しがどうであるかは、あなたの行動次第で変わってくるものですよ」

魅惑の悪魔のような微笑を浮かべ続けている男に、神様を語られるとますます胡散臭い。

素直に考えると、この世界の神様というのは創造主、ゲームのことを示していると思う。

とうとう疑心暗鬼の沼にはまってしまった。

「はぁ……」

元の世界でブラックホールに吸い込まれたとき、僕はやっぱりあの時に死亡し、シアンのように転生してきたのではないだろうか。そしたらもう僕はこの世界から逃れることはできない。

だから僕はひとまず召喚されてきたのだと思い込むことにする。その場合、いつになったら僕は元の世界に戻ることができ、自分がプレイヤーのアンリとして攻略対象との恋愛を楽しむことができるのだろうか。

前回、謎の魔術師として呼ばれたときは、自分の推しであるマティアスが自分以外のシアンというキャラクターとハピエンを迎えたところを見送らなければならないという鬼畜設定だったのだ。

最初は現実味がなかったから、正直ＶＲゲームでもしているような気分で愉《たの》しんでいた部分はあった。そこは認める。でも自分なりに努力はしてきた。

（見た目だけしか変わってないのが不自然だと思ったから、いかにも謎の魔術師っぽい演技までしたんだぞ……！）

思い出すのも恥ずかしい。顔から火が出そうだ。元の世界でゲームイベントとか陰キャのオフ会に参加したことはあるけれど、コスプレを堂々としてなりきるようなイベントは陽キャではない僕には絶対にできないことだったのに。

いくら僕が渋面を浮かべていても薬屋の男は動かない。仕方ないので僕は『シークレット・クラウンテイル』の攻略対象の面々を思い浮かべる。

攻略対象は三人の他に隠しキャラがいる。それはおそらく魔術師であるはずなので除外する。とすると、マティアス以外なら、マティアスの弟であるレオンス王子、或《あ》いは近衛《このえ》騎士のジュストということになる。

そして、特殊ルートをクリアして解放された二つの秘密ルートのうちのどちらに僕が今いるのか、誰が主人公になったのか、秘密ルートの攻略対象が誰なのかをこれから自力で確かめにいかなければならない。

（順当なら、第二王子のレオンス……？）

薬屋はあくまでヒントのようなことしか言えないようになっているのは相変わらずだった。

何度もため息がこぼれる。けれど、どうせ元の世界に戻ったってバイトはしていたけれど、ほぼ引きこもりだったし、趣味といえばゲームや読書くらいだったのだ。だったら、もういっそここで思う存分、自分の立ち位置からこの世界を攻略し尽くしてみるというのも面白《おもしろ》いのではないだろうか。

陰キャの僕にしてはずいぶんな前向き思考だ。ゲームの中だけは最強な気分になれるオタクあるあるだけれど、まあ、いい。

かくして元の世界では『大月忍』という名前だった僕は、再びこのゲームの世界で『魔術師』となり動くために意気込む。

——しかし、僕は考え込んでいる間に見過ごしてしまっていた。

『秘密ルートその一が解放されました』

そんなふうに表示されていたことを。

そして、再び俯瞰《ふかん》した存在として召喚されたと思っていた自分がいつの間にか主人公となっていて、まさか攻略対象との恋愛に落ちていくことになるなんて……このときは想像すらもしていなかったのだ。

■1　現状把握

二回目の召喚で魔術師の姿を得た忍は、まずは前回のように悪役令息であるシアンの様子を見にいこうと、グラース侯爵の邸《やしき》を訪ねることにした。ただループしただけなら同じことを繰り返せばいいが、何か変わったところがあるなら、ひとまず現状を把握する必要があると思ったからだ。

そのグラース侯爵邸に向かっている途中、前回の悪役令息シアン・グリエットに関わる情報を忍は振り返っていた。

シアンが転生者であることに自分で気付いた直後のこと。彼の父、グラース侯爵が違法賭博の罪に問われ、子息であるシアンも王宮に連れていかれ、牢《ろう》に閉じ込められることになった。

謎の魔術師に扮《ふん》した忍はシアンが収容されていた牢屋の前に現れ、薬屋から預かった『花の種』をシアンに飲ませた。その『花の種』はシアンに合ったジョブを開花させるために必要なアイテムだった。

その後、シアンは牢屋から出ることができ、自動発生イベントにより偶然にも迷子になっていたマティアスの馬に乗せられたまま薬屋を訪ねることとなり、適性のあるジョブを付与されることになった。悪役令息シアンに与えられたのは猛獣使いのジョブだった。それをきっかけにシアンは獣憑きの呪いにかかっているブルーノア王国第一王子マティアスと接点を持つことになった。

王家の血を引く者の獣憑きの呪いによって、世継ぎの王子たちは花嫁を迎えることに消極的だと、日頃から王室の重鎮たちは憂いていた。そこに現れた主人公シアンがマティアス王子の花嫁候補になるというあらすじだ。

（……そして、謎の魔術師だった僕は、正体を伏せたまま彼らに干渉し、ハッピーエンドに導く役目を担った、というわけ）

はぁ、とため息がこぼれた。

また同じことをしなければならないのだとしたら面倒くさい。退屈だ、と忍は思った。次のルート攻略をしたくてうずうずしていたにもかかわらず、一旦クリアしたルートをすぐ強制的にやり直しをさせられているようなものだ。やり直しをするという行為自体、どうしたってモチベは下がる一方になってしまう。

「だからって新たに攻略しろと言われても、それはそれで困るんだけどね」

ぶつくさ呟《つぶや》きながらグラース侯爵の邸へとたどり着いた忍は、こっそり庭先から中を窺《うかが》った。同じような状況ならすぐにシアンの姿が見えるはずだ。そして少し経過すれば警察が邸の中に踏み込んでくるはず……なのだが、しかしいつまで経過してもシアンの姿が確認できなかった。

（おかしいな……）

もしも既に捕縛されたあとということなら王宮に忍び込めばいい。

じれったくなった忍はさっそく王宮に向かう荷馬車の中に身を隠してこっそり移動してみたが、牢屋の中でもシアンを見つけることができなかった。

初夏の朝の爽やかな風に吹かれ、薔薇《ばら》がいっぱいに咲きこぼれている庭園の中、甘い香りだけがまとわりついてくる。

忍はそこでひとり途方に暮れた。

（うーん。展開がなんか違う気がする。もしかして、シアンがまだ転生してきていない可能性とかあったりする？）

それとも、もう既に猛獣使いとしてジョブチェンジし、王宮に召し抱えられたあとの時間なのだろうか。

（或いは、ここではまた別の人物が主人公っていう線も？）

特殊ルートの先にある秘密ルートなのだから、シアンが主人公のままの線を予想していたのだが、ひょっとしたらそこを改めて見直す必要があるかもしれない。

『シークレット・クラウンテイル』の主人公はそもそも平民の『アンリ』なのに、この世界の特殊ルートでは、主人公にとって邪魔な存在になりうる悪役令息シアンが攻略対象である王子とエンドを迎える……という不思議な現象が起きていたのだから、元の世界で確認できていない事象については、すべて疑ってかかるべきだろう。

薬屋は必要最低限のことしか口にしない。だから、答えは自分で探さなければならない。それでも質問くらいはできるはずだから一旦引き返して薬屋のところに戻った方が早いかもしれない。

忍は考えた末にそう判断した。

うろうろと行ったり来たりしているうちに、あっという間に日が暮れてしまう。行動は素早くしなければ。

（ああ、もう！　標準仕様として、僕専用の馬車を用意してほしい！　或いは、箒《ほうき》で瞬間移動させてほしいよ）

王宮の西の塔から続く城下町に薬屋の邸がある。ここからだと馬を駆っても半日近くかかってしまう。前回、薬屋が調達してくれた馬になんとか乗れるようになったものの完全に慣れたわけではない。

魔術師の自分に与えられた魔法といえば、軽い能力増強《バフ》くらいだ。たとえば、足を速くするとか、傷の治りを早めるとか、枯れた花を蘇らせるとか、その程度のことだ。

薬屋は茶色の煉瓦《レンガ》の屋根にワイン色の扉をしていて、軒下に馬に羽根をつけたペガサスの看板がある——とにかくそれを目印にひた走った。

途中の湖畔で馬に水を飲ませて乾燥したパンで腹を満たし、野山から街道を駆けていく。そうして四時間くらいかけて城下町へと移動し、なんとか午後の二時くらいには到着することができた。

薬屋の玄関のドアを開くと、ドアベルのカランと心地のよい音が響く。建物自体はカフェやバー或いは花屋のような造りをしていて、とても薬屋には見えない。

棚に置かれたガラスのポットには薬草やハーブが入っていたり、床には大小様々な花の鉢植えがあちこちに並べられたりしている。カウンターに近づくと、蒸気のようなものがフラスコからこぽこぽと小気味のよい音を立てていた。

再び店主がやってきて、こちらに上品な微笑みを向けてきた。

「お待ちしておりました。こちらへどうぞ」

もう何度となく聞いたセリフだ。

忍はすぐに奥の部屋へと案内された。中央には薄紫色の水晶のオブジェが輝きを放ち、麝香の馨しい匂いが漂っている。それももう何度となく見た光景だ。

中へと踏み入ると、いきなり透明のアクリルボックスみたいな選択肢が浮かび上がった。

『強制ジョブチェンジが発生しました』

「は？」

その点滅が色濃くなっていくのを戸惑いながら見ていると、薬屋が忍に手を差し出した。

「あなたに預けた『花の種』を出していただけますか？」

「え？」

「これは、『今のあなた』に必要なものです」

言うが早いか、薬屋は忍から花の種を奪い取った。

「なっ……」

前回同様にシアンに飲ませるはずだった花の種が、なぜか薬屋から忍の口に押しつけられてしまった。

虹色に輝く花の種は、もはや種というよりも宝石のような輝きをまといその光を広げていく――。

「この種は、おまえの能力を開花させるだろう。それは今後、幸福をもたらす花となるはずだ。何も恐れることはない。存分に運命を味わえ。悲観も、絶望も、苦悶《くもん》も、やがてすべてが無に溶ける――」

(そのセリフは、前回、謎の魔術師だった自分がシアンに告げた言葉だ！　なぜ、それを薬屋が……！)

驚いて口を動かした拍子に、忍は『花の種』をうっかり飲み込んでしまった。

急いで吐き出そうとしたが、もう遅かった。またたく間に身体が見えない大蛇にでも巻きつかれたようにきつく縛られてしまい、その場から一切動けなくなってしまう。

「あ、あ――」

喉の奥が燃えるように熱い。舌が焼けるように痛い。胃に力を入れても吐き出すことはもうできない。麻酔を打たれたみたいに、全身が激しく痺《しび》れていた。その場にがくりと崩れ落ちたあと、やがて何も考えられなくなってしまう。

どれほど悶絶していただろうか。気を失いかけていると、ふっと痛みが突然消えた。脱力した忍はよろめきながら、そのあたりにあった姿見鏡に縋《すが》りつく。そのとき、忍は鏡に映った自分の姿に茫然《ぼうぜん》とした。

(これはどういう――)

忍の前にさっきのような透明のアクリルボックスが表示された。しかし選択肢ではない。以前にも見たことのある、ジョブチェンジによって獲得したスキル表示だった。

『ルート解放』『スキル獲得：魔術師見習い』『属性付与：フェロモン』

「スキル開花によるジョブチェンジ完了です」

薬屋が機械的にそう告げる。

「——は？」

思わず声が出た。

まさかの強制ジョブチェンジで『謎の魔術師』だったはずなのに『魔術師見習い』。

（なんか一気に三下感……悪役からモブになったというか）

それと、前回、白髪と緋色の瞳に変えさせられたのに、今回は元の世界と同じ茶髪に青みがかった瞳に戻されている。これは一体何を意味しているのだろうか。

そこまで考えて、忍はハッとする。付与された属性がフェロモンというのはどういうことなのだろうか。身体の周りを確認してみるものの、未だ何か変わったところはない。

フェロモンというのは体内で生成されて分泌されるもので、他の個体に一定の行動や発育の変化を促す生理活性物質のことをいう。その分泌される香りが自分でどんなものかはわからないといわれているようだ。

そのような特別なフェロモンを放つようになったことで動物に好かれる体質となったということな

ら、シアンのような猛獣使いになったというのならまだ意味はわかるのだけれど。

（フェロモンを扱う魔術師見習い……って何!?）

「あなたはこれにて名前を持つことに成功しました」

「名前？」

「はい。アンリ・ルシュール様」

「えっ、アンリ？」

聞き覚えのある名前に、忍は目を丸くする。

「そうです。あなたの名前は、アンリ・ルシュール、魔術師見習いです」

「ちょっと待って。アンリって……！」

デフォルト名……という言葉を出そうとしたらなぜか声が封じられた。これは前にも起こったことがある。おそらくだが、この世界の理《ことわり》に触れるからタブーなのかもしれない。

（たまたま？　それとも、本当にデフォルト名？）

「あなたには魔術師見習いとして王室に関わる任務を受ける必要があります。王宮から使いの者がやってくるという報《しら》せがありました。こちらの花の種は今後あなたの力になるものですので、肌身離さず大事にお持ちください」

薬屋は花の種の入った袋を押しつけるようにアンリに持たせた。

「は？　王室に関わる任務って何。花の種……え、誰に使うの」

「それでは、アンリ様、行ってらっしゃいませ」

「待っ……どういう――」

玄関のドアがからんと音を立てる。誰かが入ってきた。王家の紋章をつけた制服に身を包んだ、使いの者たちだ。

「お迎えに上がりました。魔術師の方はどちらに？」

使いの者は部屋を見渡した。

「こちらに」

と、恭しく薬屋が返事をする。

「ああ、あなたですか。では、馬車の方へどうぞ」

「え、ちょ、待っ……」

「さあ」と促され、薬屋は「行ってらっしゃいませ」と頭を垂れる。救いの手は差し伸べられない。

箱馬車が外に止まっているのが窓から見えた。

王宮からの使いがやってくるという報せは本当のようだけれど、こんないきなりとは思わなかった。それに、数時間かけて必死に戻ってきたというのにまた元の場所に引き戻されるという、このやり直し感に再びがっかりしてしまう。

『強制イベント発生中』

アクリルボックスが点滅している。

（強制ジョブチェンジ発生の次は、強制イベントが発生!?　もう、なんなんだよ！）

そうして忍は否応《いやおう》なしに、外で待機していた馬車に押し込められてしまったのだった。


（この世界はいつも強引すぎる…！）

馬車に揺られながら、アンリは心の中で嘆いた。今回これほど強制イベントが多いのには何か意味があるのだろうか。もしこの先シアンと話をする機会が持てるようなら、彼はどうだったのか体験談を聞いてみたい。

しかしただ時間を巻き戻してやり直しているだけのループではないことがわかったので、前回出会ったシアンと今回これから出会うシアンはまったく同じ人物である保証はない。

ゲームにおける各ルートはいわば並行世界ともいえる。干渉し合わないルートの場合、初対面の可能性もあるし、前回の話を相手に持ち込むこと自体タブーの可能性だってあるだろう。

忍＝アンリのように異世界に召喚させられた者、シアンのように転生させられてきた者……状況だって異なる。

（僕が本当に元の世界からここに召喚されただけなのか、それともシアンと同じように転生者なのかだって未だに確かめようがない）

共通していえるのは、この『シークレット・クラウンテイル』というＢＬゲームの世界に、都合よく組み込まれていく不気味さを感じるということだ。

（デフォルト名と同じ名前を与えられたというのがどうも気にかかる。僕が主人公のアンリになったっていうことは、主人公が二人いるわけがないし……シアンはどんな立場にあるんだろう）

悪役令息に戻されたのか、それとも猛獣使いとして王宮にいるのか、或いは花嫁としての身分におさまっているのか、いったいどういうポジションになったのか、現段階では不明だ。

とにかく今は流れに身を委ねて、事の成り行きを注意深く見ていくほかにない。

それから忍……改め、アンリは、この世界のブルーノア王国の王宮へと馬車で連れられていき、王宮の正門より堂々と迎えられることになった。

左右対称の立派な庭園の先に白亜《はくあ》のクラウディア宮殿がある。中央には噴水がきらきらとまばゆい光を放っている。すぐ側《そば》には獅子《しし》と剣と天秤《てんびん》の王家の紋章を記した旗が掲げられ、古代の王の石像が空を仰いでいた。

クラウディア宮殿の豪奢《ごうしゃ》な造りを目の前にすると、圧倒されるというよりも、アンリとしてはため息がこぼれてしまう。わざわざここに連れられてきて自分に求められていることはいったいなんだというのだろう。

それから――。

正面の玄関から通されてしばらく控室で待ったあと、アンリはようやくマティアス王子との謁見を許された。つまりアンリが呼び出されたのは、マティアス王子の命令だったようだ。

「殿下、失礼いたします。魔術師見習いのアンリ・ルシュール様をお連れいたしました」

「こちらへ」

穏やかに通る低い声に促され、前へと進んだ。

「お初にお目にかかれて光栄です。殿下」

形式通りに挨拶をし、アンリはその場に跪《ひざまず》く。

「よくぞ王宮まで来てくれた。面《おもて》を上げ、どうか楽にしていてくれ」

言葉通りに居直ると、アンリは玉座にいる白い軍服を着たその麗しき人に目を奪われる。

その人こそがマティアス・ブランシェ……ブルーノア王国の王位第一継承者、マティアス王子だ。

初対面……ではないけれど、いつ見ても麗しい人だ。

王族の風格がある凛《りん》とした佇《たたず》まい、亜麻《あま》色のサラサラとした髪、はちみつの飴《あめ》を思い出させる、琥《こ》珀《はく》色がかった翠《みどり》色の瞳。それらは、この世界でたったひとりの人に許される証《あかし》。すっと通った鼻筋に、固く引き結ばれた甘い唇。その精悍《せいかん》な造形は他にはありえないといえるくらい美しい。

これは元のゲームのプロフィールと、前回召喚されたときに見てきた情報だが――。

彼は王位継承者らしく公務に真面目に取り組んでおり穏やかな性格をしている。その一方、剣の腕は王国一で彼の右に出るものはおらず、重鎮たちからは常に頼りにされ、臣下たちからは慕われているようだ。

ふらふら遊び歩いている弟の第二王子レオンスのことも大事に思っており、周りからの批判が高まらぬよう常に気にかけてフォローするやさしさもある。

周囲に頼られ公務を優先するあまりに恋愛ごとにはあまり積極的ではなく、交際に慣れている方ではないが、その分、彼の情熱と純粋さは花嫁と真剣な恋に落ちたときに本領発揮するのだ。ロイヤルロマンスの王道ルートだった。

文武両道、まさしく王になるべく生まれた生粋の王子。見た目もまた彼の美しさに敵《かな》う者はいないとされる。

(そんなマティアス様は、元の世界では、僕の推しだったわけだけど……)

アンリは吸い寄せられるように美しいその人に魅せられ、ぼうっと立ちすくむ。圧倒的存在感、目がくらむような美しさと凛々《りり》しさ。少し冷たく見えるのは、それほど完璧な顔立ちだからこそ。自分に付与されたフェロモンなんて、マティアスの存在感に比べたら到底敵わないに違いない。

(フェロモンを役に立たせる必要があるとしたら、今度はひょっとして僕が……?)

そんな甘い夢を見てしまいそうになったところで、声をかけられてハッとした。

「おまえのことは、我が国の憂いを晴らすための相談役として、役に立つのではないかと薬屋から紹介してもらった。だが、実力を見せてもらうまでは、魔術師見習いとして取り計らうことにする」

王宮に関わる任務……それが何なのか、『花の種』を持たされたことの意味は何なのか。それはこれから順を追って説明されるということなのだろうか。

しかし状況的にここまできたらもう逃げ出すことは許されないだろう、ということだけは理解できた。

「如何様《いかよう》にも」

アンリは粛々と拝命するほかになかった。

そもそもスキル自体が魔術師見習いなのだから待遇に違和感はない。そのあたりの矛盾点は今後、明かされていくのだろうか。

ふと、薬屋の顔が思い浮かんで、説明不足の彼に対し、忌々しい気持ちになる。

それから再び顔を上げたとき、マティアスの隣にそっと寄り添う人物がいたことに気付いた。

(あれは、シアンじゃないか……!)

ヴェールで顔を隠されているが、紅茶のように濡れた髪と紺碧《こんぺき》の瞳の彼……あれはシアンに間違いない。

彼にはまたマティアスと違ったベクトルの繊細な美しい気品が漂っている。やや幼さのある容貌でありながら、目上の者にも物怖《ものお》じせず度胸が座っている。しかしその中に柔らかな空気も感じられ、性格のやさしさがにじみ出ているのがわかる。

彼はきちんと存在していた。ということは、もう既に猛獣使いとして呼ばれていたあとだということだろうか。それもマティアスの玉座の側に寄り添っているということは、花嫁として認められたハッピーエンド間近の展開ではないだろうか。

(あれ？　じゃあやっぱりシアンが主人公ではないよな。既にマティアス王子と結ばれているということは……アンリの視線を感じとったらしいシアンがおずおずと身動《みじろ》ぎする。なぜアンリがじっと見ているのかわからないといった雰囲気だ。やはり前回出会ったシアンとは違うのかもしれない。

ことは……)

アンリがシアンを気にかけていることを察したマティアスが口を開いた。

「おまえも、これから顔を合わせることになるだろうから、紹介しておこう。彼はシアン。私は間もなく彼と結婚式を挙げることになっている。今は婚約中の身だ。以降、把握しておいてもらいたい」

「御意にございます」

アンリはそう答えながらも内心動揺し、さらに混乱していた。

(や、だから、どういうこと……?)

攻略対象は三人＋隠しキャラなので、マティアス以外だとレオンスとジュストの二人だ。隠しキャラは魔術師なのではないかと言われていたのでそれは除外する。

シアンが主人公になるのが特殊ルートではなかったのだろうか。それじゃあ、特殊ルートの先にある秘密ルートでは、残りの二人のどちらかとくっつくということなのだろうか。

元々『シークレット・クラウンテイル』は、主人公が攻略対象に見初められ、花嫁候補として王宮に上げられる物語が主軸となっているわけで――。

(なんだかすごく嫌な予感がする)

混乱しつつ、残りの攻略対象の二人、レオンスとジュストの方を見ようとすると、退屈そうな声が

っただ。

その場に響き渡った。

「兄上、俺はもう行っていいだろう」

その声の主、マティアスと正反対の黒い軍服を着たその人は——第二王子レオンス・ブランシェだった。

硬質な輝きをまとう黒髪に、意思のはっきりした眼差《まなざ》しが凛とした空気を孕《はら》んでいる。琥珀色がかった灰褐色の宝石のような瞳が特徴的だ。

マティアスと同様にゲームのプロフィール情報と、前回の召喚時に実際見てきた印象だが——。

彼は王族一の遊び人と名高く奔放なところはあるが、兄を心から慕い、弱い者を守ろうとする気概がある。マティアスの包容力とはまた違った男気のあるところが魅力だ。

彼は周りからは常に兄と比べられてきているが、しかし劣等感など抱かず、自分の立場を見極めた上で兄を立てることのできる、やるべきところはやる男だ。やんちゃなところが王族らしい気品とは離れているが、それも愛嬌《あいきょう》に見えるらしく、人懐こい彼は老若男女から慕われているようだ。

そんなこざっぱりとした雰囲気のあったはずのレオンスだが、今日の彼の表情は硬く、以前とはまるで別人のようにまったく覇気がない。そして、彼はまるでアンリに興味を示していなかった。

「待て、レオンス。話はまだ終わっていない。おまえに関することで大事な説明があるのだ」

マティアスが引きとめたにもかかわらず、レオンスは取り合おうとしない。兄を尊敬する彼としてはずいぶんと雑な対応の仕方だった。

「あとから説明してくれ」

レオンスはそれだけ言うと、ちらりとシアンを一瞥《いちべつ》した。シアンは少しだけ気まずそうだ。そしてレオンスもやや傷ついたような表情をした上で踵《きびす》を返した。

（あ、そっか……）

レオンスの態度に、アンリは思い当たる節があった。

前回の謎の魔術師として見守っていた特殊ルートでは、レオンスはシアンを気に入っていた。度々手を出そうとしていたことも記憶している。最後には友情として落ち着いたようだったが、ここではまた違うらしい。

マティアスのなんともいえない乾いたため息が、その場にむなしく響く。側に控えている臣下もどう動いていいものか複雑な様子である。

「すまない。レオンスの紹介はまた日を改めさせてもらおうか。詳細についてもそのときに説明を。まずはゆっくり休むといい。部屋には近衛騎士のジュストに案内させよう」

命令を受けたジュストが一歩前に出て、それからアンリに向き直ると頭を垂れた。

「私は近衛騎士ジュスト・グランデと申します。以後お見知りおきください。では、アンリ様をお部屋までご案内させていただきます。どうぞ」

「あ、ありがとうございます」

案内された部屋はかなり上質な造りをしていた。使用人と同じような扱いをされるかとおもいきや、相談役という大事なゲストとしてもてなしてもらえたらしい。奥にあるふかふかのベッドに身を横たえたらさぞ気持ちよさそうだ。疲労困憊《こんぱい》だったアンリはそのままベッドにダイブしたくなった。

「何かございましたら、呼び鈴でお知らせください。また、食事や身支度のお手伝いに侍女が参りますので、その都度、ご対応ください」

「わかりました」

「私は基本的には殿下の側に控えている者ですが、アンリ様のお話相手になるようにも仰せつかっております。いつでも気軽に話しかけていただいて構いません」

親しみを込めて微笑むジュストの、琥珀がかったサファイアの瞳に、ふと既視感を抱く。

（あれ、どこかで見たような……何か、忘れていることがあるような……）

時間が経過するにつれ、前回召喚された特殊ルートのときの記憶が少しずつ抜けかけているように感じる。或いは、似ているようで違う展開によって混乱しているのか、それとも世界が齟齬《そご》を埋めようとしているのか。

疲れた頭ではそれ以上、正解は見つけられなかった。

「どうされましたか？」

「い、いいえ。大丈夫です。ご丁寧にありがとうございました」

「はい。では、私はこれで失礼いたします」

部屋にひとり残されたアンリはさっそくベッドへと寝転がった。

そのとき、ふと自分の手首にうっすらと何か浮かび上がっているような気がした。しかしそれはすぐに消えるように視《み》えなくなっていってしまう。気のせいだろうか。

アンリは横向きの体勢から、今度は仰向《あおむ》けに大の字になって力を抜いた。そうしていると、ベッドに疲労感が吸い込まれていくようだった。

(はぁ。色々なことが起こりすぎだ……)

それに自分の知っている情報と齟齬がある気がする。小さな混乱は渦のようになってアンリを呑み込もうとしていた。

(とりあえず一旦休みたい)

アンリは目を瞑ってため息をつく。

今後も引き続き、色々と現状把握が必要だ、とアンリは思うのだった。

■2　攻略対象のことを知る

翌日、アンリは早朝に目が覚めてしまい、部屋を抜け出して庭を散策していた。

なんとなく王宮に閉じこもっていると、息苦しいような気がしたのだ。

涼やかな風が頬《ほお》や首を撫《な》でていくと、少しずつ思考がクリアになっていくように思う。

噴水のあたりに座ってぼんやりと浮かんだ明け方の月を眺める。遠くの方には山々から光がこぼれ出していた。

ここからは二階より上にある部屋の窓が見える。バルコニーに人影があることに気付き、うっかりアンリはその光景を視界に映してしまった。マティアスとシアンの二人が寄り添い合い、仲睦《むつ》まじく顔を近づけ、やがて──そこまで見てしまってから、アンリはハッとして目を逸《そ》らした。

(昨晩の二人について妄想はしない！)

かぶりを振ってから、アンリはレオンスの身を案じた。

(レオンス殿下は、シアンのことを思っていた以上に本気だったのかな……)

前回、謎の魔術師としてシアンとマティアスを誘導する役割を担っていたアンリだが、無論、彼らのすべてを覗いて見てきたわけではない。必要なときに登場する存在というだけだから、把握しきれないことの方がずっと多くある。

その見てきた限りでは、レオンスは自分の失恋を受け止め、ジュストと共にシアンとマティアスのことを応援していたように思うのだが。

まだそこまで行き着いていない段階とか、或いはここはまた別の秘密ルートだから、やはり前回とは状況が似ているようでいて異なる並行世界の扱いになるのだろうか。

うーん、とアンリは呻《うな》る。

嫌な予感がしていたのだけれど、もうひとつの仮定としてはこうだ。

（ひょっとして、ジョブチェンジすると、特殊ルート以降の主人公が悪役キャラやサブキャラに替わる……っていうシステムだったりする？）

まずこの世界は本編とは別の特殊ルートの下に秘密ルートが属している。その秘密ルートの解放条件が特殊ルートのハピエンを迎えることであるなら、今度は魔術師のアンリである自分がこのルートでの主人公になったということだろうか。

実際、シアンも悪役令息として転生してきた人物だったが、のちにジョブチェンジで猛獣使いとなり王宮勤めをするようになってからマティアスと結ばれたのだ。

であれば、アンリは魔術師から魔術師見習いとしてジョブチェンジをされた時点で、秘密ルートの主人公になったと考えられないだろうか。

（え、っていうことは、僕がマティアス様以外の二人のどちらかと恋愛をするっていうこと……？）

想像すると、かっと頭が煮えたようになる。

傍観者と主人公では何もかも変わってくるし、やることが違ってくる。

アンリはレオンスとジュストの顔を思い浮かべた。まだ、レオンスまたはジュストどちらと結ばれることを臨むルートなのかは不明だ。マティアスのことは前回のときにある程度は理解できたが、レオンスやジュストのことはまだよく把握できていない。

ただ、主人公の任務としては、獣憑きの呪いを解呪するという、猛獣使いが獣をコントロールするという方法と似ていて、共通するテーマはそれなのだろうと思えた。

「もう朝から疲れた……」

ゲームは好きだけれど、いつまでもゲームの世界にいるのも疲れてしまう。一度クリアしたのにまたループしているというのが不気味だ。二度あることは三度あるともいわれるし、モチベがなかなか上がらない。

（このまま何もしないでいたらどうなるんだろう。強制イベントがまた発生したりするのかな……）

白々と明けていく空を見届けてから、アンリはそろそろ王宮の中に戻ろうかと重たい腰を上げた。

そのとき、王宮から出てきた長身の男性の姿を発見する。その人物は、今しがたアンリが想像していた攻略対象のひとり、レオンスだった。

「レオンス殿下」

思わずといったふうに呼び止めると、レオンスがこちらに気付く。一瞬、彼はそのまま通り過ぎようとしてから、仕方なしといったふうにアンリの方に近づいてきた。

「よぉ。魔術師さん、ずいぶん早いお目覚めだな」

「おはようございます。レオンス殿下は早朝のお散歩ですか？」

「まぁ、そんなところだが……」

レオンスはきまりわるそうに視線を逸らし、首の後ろに手をやってから、アンリの方に向き直った。

「……昨日は悪かったな。ろくにあんたの話も聞かずに、つれない態度をとったことを許してくれ」

彼のこういったまっすぐで素直な部分は、とても好ましい、と思う。アンリは自然と柔らかな微笑みで頷《うなず》き返していた。

「はい。僕は気にしていませんよ」

「じゃ、仕切り直しをしようか。俺はレオンス・ブランシェ。この国の第二王子だ。で、あんたの名前は？」

「僕はアンリ・ルシュールと申します。魔術師……といいますか、まだ魔術師見習いです」

「アンリか。よい名だ。改めてよろしくな」

手を差し出され、アンリがおずおずと伸ばした手を、レオンスの方からがっしりと握られる。体温の高い、武骨なその手に不覚にもどきりと鼓動が波を打つ。

何度も潰してきただろう乾いた肉刺《まめ》の厚さから察するに、第二王子という気楽な身分だとは周りから言われているみたいだけれど、努力を知らない手ではない。彼はきっと鍛錬を欠かすことなく続けている。

羨望の眼差しを感じとったらしいレオンスの目が、獲物に狙《ねら》いを定めるみたいに野性的な雰囲気を帯びていく。アンリは慌てて視線を逸らそうとしたが、レオンスは愉しげに口端を引き上げた。

「あんた、俺に興味を持ったのか？　だが、安易に惚《ほ》れるのはお勧めしないいな」

「そ、そんな滅相もない。僕なんかの身分でレオンス殿下に好意を向けるなど烏滸《おこ》がましいです。だ、第一、僕には使命といいますか役割がありますので……とにかく誤解です」

頭が真っ白になりながらしどろもどろ言い訳をしていると、レオンスは揶揄《やゆ》するように笑ったあと、何かを思い出したような表情を浮かべ、眉間に皺《しわ》を刻んだ。

「兄上も魔術師さんにはそれは話すか。あんたに任されたのは国家秘密の件だろう」

「国家秘密……とは」

アンリは思わず身を乗り出した。

獣憑きの話だろうか。しかしそれは前回、謎の魔術師として暗躍していたときに薬屋から情報を得たものに過ぎず、今回はマティアスからというより誰の口からもまだ何も聞いていない。

「なんだ。聞いてなかったのか。ったく。つまり俺の口から話せってことか」

レオンスは乾いたため息をつく。さっきまで意気揚々としていた彼の顔にやや疲労の色が見えた。

理知的なマティアスと違い、肉体派のレオンスはあまりそういった説明が得意ではないのかもしれない。ならば、ここは魔術師見習いとして呼ばれたアンリがサポートすべきところだろうか。

そんなことを考えていると、視界の隅の方に透明なアクリルボックスが浮かんだ。それは三つの選択肢だった。

『獣憑きの呪いについて』『朝ごはんは何を食べますか』『好みのタイプについて』

（……あのさ、悩んでいるときの選択肢は助かるけど、空気が読めない内容はやめてくれないかな）

「ん、どうした」

当然、アンリ以外にはその選択肢は見えていない。

「い、いえ」

アンリは宙に浮かぶ三つの選択肢をそれぞれ睨《にら》み、意識を選びたい方に向け、自分の意思を唱えた。

強制選択肢でない場合は、そんなふうにして選ぶことになっているのは前回シアンを見てきて経験している。

『獣憑きの呪いについて』

「獣憑きの呪いについて、でしょうか？」

アンリがそう言うと、レオンスはやや懐疑的な目を向けてきた。

「さすが魔術師さん。そういう見通しがあるんだな。或いは、噂《うわさ》を聞きつけて取り入ったか」

レオンスの獲物を嬲《なぶ》るかのような視線にぞくっとする。アンリはうっかり余計なことを口走らないように押し黙るだけだった。

少ししてレオンスが小さくため息をつく。

「あんたの言う通りだ。王家には代々獣憑きの呪いが残されている。兄上と俺と、かつて兄だった男の三人だ」

「かつて兄だった男……？」

アンリは思考を巡らせる。

「それは追々触れていくことになるだろうから、先に説明をさせてくれ。まだるっこしいのが苦手なんだ」

面倒くさそうにレオンスは言った。あまりしつこくされるのも好きではなさそうだ。

アンリはすぐに頷き返した。

「要するに、王家の直系の子は代々その血筋を残す使命があるため、兄上と俺には花嫁候補があてがわれてきた。だが、俺たちには獣憑きの呪いがあり……条件を満たすと人外の姿になる。それを見た花嫁候補がすんなり受け入れてくれると思うか？」

たとえ自我が残されていようと、獣の姿に変わった王子を見たら驚くだろうし、恐れないわけがない。

「……花嫁候補側の目線として語れば、難しい話だと思います」

アンリはレオンスを傷つけないように言葉を選んで回答する。

ああ、とレオンスは頷き返した。

「だが、兄上には幸いシアンという婚約者ができた。相手は、猛獣使いのスキルを持ったやつだ。詳細は省くが、互いのよき理解者として仲睦まじくやっている。二人は例外的に惹《ひ》かれ合い結ばれた、運命の相手だったんだろう」

例外的……と、他人事のような口ぶりのレオンスのことを気にかけつつ、アンリは素朴な疑問を抱いた。

「レオンス殿下は、生涯の伴侶を見つけたいと思わないのですか?」

「思わない。面倒事は今まですべて兄上が対処してきた。長いこと病に伏している国王陛下の代理を務めているが、いずれ兄上は戴冠式を迎え、ブルーノア王国の新国王になる男だ。俺はこれからも兄上の補佐を務めるつもりだ。王室の連中は今までとにかく王位継承者の心配をしてきたが、今は兄上とシアンがいる。獣憑きの呪いを持つ人外は種付けするのに雌雄は問わない。つまり……この先、二人は子をもうけることはできるだろう。世継ぎ問題はひとまず解消したということだ。俺の出る幕はないんだ」

だというのに……と、レオンスが腑《ふ》に落ちない表情を浮かべた。

「……きっと、それでも周りは引き続きレオンス様に伴侶を見つけてほしいと望まれているのですね」

「理解はできる。今後、兄上やシアンに何かがないとも限らないだろうからな。つまり万が一のことがあった場合に備えて、第二王子の俺にも花嫁がいた方がいいということなんだろう、と」

煩わしそうにレオンスが言う。

王室がそう考えるのは国の未来を考えれば当然のことなのかもしれない。

けれど、本当にそれだけなのだろうか。保険としてレオンスにも花嫁をあてがいたいというだけではなく、彼にもマティアスのように真実の愛を知る者になってほしいのではないだろうか。彼の心の支えになれる相手を見つけてほしいと願っているのではないだろうか。

(余計なお世話といわれればそれまでだけれど……)

なんて慰めればいいのか。なんて励ましたらいいのか。適切な言葉を考えあぐねているさなか、重苦しい沈黙を先に破ったのは、レオンスの方だった。

「獣憑きの呪いの発端は……先祖の代で魔女あるいは獣人との間に何か諍《いさか》いがあったといわれるが、それも古《いにしえ》の時代の話が伝わってきただけで実際のところは不明だ。ただ、代償として咎《とが》を背負い続けるために王家の血筋を絶やしてはならないという記述がある」

「なるほど。もし絶やしてしまったら……？」

「そのときには国に厄災が訪れると記されているんだ。王室は民のためにも代々それを守るしかなかった。そうして王家の血は絶やしてはならない一方、王家の血筋には常に獣憑きの呪いが生涯ついて回るんだから厄介な話だ。花嫁探しが難航することを、どうやら魔女は考えなかったらしいな」

「なんだか、二重に呪いをかけられたような感じですね」

それほど強い怨嗟《えんさ》か或いはなんらかの逆恨みか、妥当な咎なのか理不尽な強要なのか。遠い昔の歴史ならば、それらはもう憶測でしか図れないのだろう。

ただ、厄災が起きるかどうかを安易に実験することなどできるはずもなく……王室の直系の血を持つ継承者たちが延々と苦しめられてきたことだけは事実。

魔女と魔術師……魔法を扱うジョブを得たアンリとしては、関係ないとはいえ、なんだか彼らに対して申し訳ないような気持ちになってきてしまった。

「それでも兄上には呪いをコントロールできる王としての器がある。一方で、俺のようにそうではない者もいる」

　自嘲気味にレオンスはそう言い添えてから、アンリの顔を見た。

「それから……さっき、かつて兄だった男と言っただろう？」

「はい」

「もうひとりの兄もまた、コントロールできる器ではないと自分で判断した。そういう獣憑きの呪いを憂い、王位継承権を放棄し、宦官《かんがん》になったんだ。その後、騎士の役目についた」

「それって……」

　思い至る男がいた。琥珀がかったサファイアの瞳。琥珀色の瞳には王家の血が宿っているといわれる。

「近衛騎士のジュスト様のことですね？」

「ああ。そうだ。先に忠告しておくが、それも国家秘密のひとつだ。ジュストからもおまえに話をすることもあるだろうが、先んじて把握しておいてくれ」

「承知いたしました」

　アンリは粛々と頷く。

　この秘密ルートではマティアスにはシアンが婚約者として用意されている状況で、レオンスにはまだ相手がいない。つまり、レオンスが花嫁候補と結ばれるための秘密ルートその一ということだろうか。

（ジュスト様に生殖機能がない……ということが、攻略対象ではない理由にはならないかもしれないけれど）

子を作れないだけなら世継ぎ問題はあるかもしれないが、恋愛と結婚そのものができないわけではないので、まだ断定はしないでおいた方がよさそうだ。

「アンリ、あんたには魔術師として解呪できる力があるんじゃないかと期待されているんだろう。だが、こっちが本題かもしれない」

「本題、というと？」

「俺の花嫁候補として挙がっているようだ」

「——っは、花嫁候補!?」

思わず口を突いて出た。

触れないようにしていた言葉を上げられ、アンリは動揺していた。レオンスの口から飛び出してくるとは思わなかった。

「ま、あんたが俺を気に入ればの話だ。兄上とシアンの件があるからな。パートナーに解呪できる力があれば王室としては万々歳というところなのだろう。あんたには迷惑な話だろうが」

レオンスが肩を竦《すく》める。

「いえ、どちらかというと、僕の身分では烏滸がましいというか。魔術師といっても見習いですし……ふさわしい力があるかどうかもまだわかりません」

あたふたしているアンリを尻目に、冷たく尖《とが》った声が割って入った。

「――ああ。そのつもりならむしろ助かる。たとえ、あんたにその気があろうと、俺にあまり期待はしないでくれ」

明確な拒絶という名の線引きをされてしまった。レオンスからはピリついた気配を察知する。さっきの友好的な雰囲気が微塵《みじん》も感じられない。

「……それは、なぜですか」

どうして急に拒絶の空気を出したのか。

ふと、マティアスとシアンのことが思い浮かんだ。そして、レオンスが見せた玉座の間での表情が、ちらちらと脳裏に映し出される。

さすがに傷口に塩を塗るような真似《まね》をするわけにはいかない。黙り込んで追及できずにいると、レオンスは自嘲の表情を浮かべた。

「理由はただひとつ。俺は兄上と違って自制のトリガーが効きにくい。つまり……いずれ、あんたを噛《か》み殺すかもしれない男だからだ。かつての悲劇を、兄上の補佐である俺が繰り返すわけにはいかないだろう」

そういうレオンスの表情には哀愁が漂う。

本来の彼は豪放磊落《らいらく》な性格をしているはずだが、その一面は見られない。翳《かげ》りを帯びた彼の心がそうさせているのだろうか。

なんてフォローをしてあげたらいいだろうか。アンリが口を開こうとしたそのとき、レオンスはアンリの肩にぽんと手を置いて去ってしまった。そこには余計な同情は要らない、という圧を感じた。

そんなことはないのに。

きっとあなたにだって幸せになる権利はある。

湧き立つ衝動のままにアンリは足を動かす。

「レオンス殿下」

呼び止めたところで彼は振り返らない。ただ、片手を上げてみせるだけ。

(異論は受け付けない、ということか……)

アンリは茫然と立ちすくんだあと、ため息をつく。

これで主人公のアンリにとって攻略対象が誰なのか、はっきりしたのはよかった——が、果たしてあんなふうに心を閉ざしている彼のことをこんな自分が救ってあげることなんてできるのだろうか。

花嫁候補として挙がっているということは、シアンがマティアスを愛したように、アンリにもレオンスを愛せということなのだろうか。

そのために属性としてフェロモン付与されたのだろうか。レオンスとの濡れ場をうっかり想像してしまい、脳が煮えたようになってしまう。長い歴史の中でどうにもならなかった複雑な呪いの解呪だってポッと出の自分に簡単にできるはずもない。

「そ、そんな……僕には無理難題すぎる。これ、どうするんだよ」

そもそもこの世界はロイヤルロマンスが主体なのだから、呪いの解呪というよりも、レオンスを攻略することがメインになってくるのだろう。

簡単に言えば、レオンスとの絆《きずな》を深め、彼と恋愛できるようになれ、ということだ。

客観的に考えてから、自分の身にこれから起こるだろうことをあれこれ想像し、アンリは思わず頭を抱えてしゃがみ込んだのだった。

■3　王家を蝕《むしば》む獣憑きの呪い

レオンスと話を終えたあと、アンリはぼんやりと考えごとをしながら庭を散策していた。自分がどうあるべきか、レオンスとどう向き合うべきか、答えはまだ見つかっていない。

そろそろ戻ろうと王宮の玄関に足を向けると、中から出てきた侍女に呼び止められた。

「アンリ様、マティアス殿下より言伝《ことづて》を預かって参りました。このあと少しお話しをされたいとのことです。朝食の席をご用意いたしましたので、まずは食堂までお越しください」

「わかりました」

それからアンリは案内されるまま食堂に向かった。

そこには、上品な白いクロスを敷かれた長テーブルの上に燭台《しょくだい》がいくつか置かれ、既に最奥の席にはマティアス、彼のすぐ右横にシアンの姿があった。それから、左手の少し離れた席にはレオンスが座っている。彼もあのあとすぐに王宮内に戻っていたようだ。とりあえずアンリは右の手前、末席に座ることにした。

メイドたちによってカトラリーが揃《そろ》えられていく。厨房《ちゅうぼう》の方からは食器の音が聞こえ、いい香りが漂ってきている。給仕係が忙しく準備をはじめていた。

「あの、お話というのは？」

まだ食事がはじまる前に、アンリはマティアスに聞いておこうと思った。

「ああ、大した用事ではないのだ。ただ、様子を知っておきたかった。王宮の生活には慣れそうだろうか？」

マティアスから尋ねられてアンリは頷く。

「はい。色々よくしていただいて助かっています」

それは本当にその通りだった。

宮仕えするために呼ばれたというよりもゲストの扱いといった方がしっくりくるくらいもてなされている。

「そうか。いつでも困ったことがあれば相談してほしい」

「ありがとうございます」

アンリが静かに返事をすると、シアンとばっちり目が合った。シアンはにこりと朗らかに微笑んでみせた。だが、彼のアンリに対する態度はどこかぎこちなさがある。

前回シアンが主人公だった世界では、アンリは謎の魔術師として彼に接触したけれど、あのときとは見た目も立ち位置も変わったアンリのことをシアンは覚えていないのかもしれない。いつか二人で話をする機会があれば、それとなく攻略のヒントをもらうことはできないだろうか、と目論《もくろ》んでいたところだったが、それも世界のタブーによって叶《かな》わないような気がしてきた。

アンリはちらりとレオンスに視線を向けた。レオンスは退屈そうにあさっての方向に顔を向けている。仏頂面を浮かべたまま何も喋《しゃべ》ろうとはしなかった。明らかに近寄るなというオーラが漂っているので、マティアスもシアンもレオンスを気にかけつつも二人だけで会話をはじめている。アンリは何度かレオンスに声をかけようかと考えたが、今は余計なことを言わない方がいいかもしれない。

それから次々に料理が運ばれてきた。湯気の立つスープが目の前に置かれ、魚介類や肉類の大皿料理、バスケットに入ったパン、盛り付けられたグリーンサラダなど、美味《おい》しそうな香ばしい匂いが漂う。アンリが鮮やかな料理に目を奪われているうちに、各々が食事を進めはじめた。

しかしアンリは食事があまり喉を通らなかった。

(なんかまるで王宮内の食堂で友達のカップルに強いられた強制ダブルデート……みたいな感じ)

実際、マティアスとシアンのように初々しい仲睦まじさに比べ、レオンスとアンリの他人行儀なよそよそしさが浮き彫りになるのがいたたまれない。

（まだ王宮にきて二日。レオンス様とは今朝ちょっと話をしただけだ）

それにあんなふうに釘《くぎ》をさされたばかりなのに、仲良くなりましょう、なんて迂闊《うかつ》に近づけるはずがない。

マティアスとシアンには引き続き幸せになってほしいと思うけれど、それとは別のところでモヤモヤするものがあった。話がしたいというのは口実だったのかもしれない。この状況からすると、どう考えてもアンリとレオンスをくっつけようとしているように思えてならないからだ。

二人だってきっとレオンスの気持ちを知っているはずなのに、見せつけるような場面をわざわざ設けるのは無神経ではないだろうか。それとも、もう過去のことだと片付けてしまっているのだろうか。

レオンスの様子を見れば、そんなことはないと察することができるはずなのに。自分たちのことさえよければ気持ちを無視して進めてもいいというのだろうか。

そんなふうに感じている自分自身にも戸惑い、ますます気分が浮かなくなってしまった。

（おかしいな。肩入れするつもりなんてなかったんだけど……）

アンリはとうとう我慢ならずに立ち上がった。その拍子に少しだけ食器が音を立てた。しかしマナー云々《うんぬん》のことなど今は構う気にはなれなかった。

「あの、僕はそろそろお腹《なか》がいっぱいなのと、突然ですが、大事な用事を思い出してしまいました。

大変申し訳ないのですが、お先に失礼してもよろしいでしょうか？」

感情に任せたせいで支離滅裂だったかもしれない。でも、気にしてはいられなかった。

「あ、ああ。構わない」

マティアスとシアンは意表を突かれたような顔をしていた。彼らは彼らで自由に好きにしていればいいのだ。

（なんで僕はこんなに怒っているんだろう）

「ならば、俺が送っていく」

レオンスが続いて席を立つ。こちらを一瞥した上で踵を返した。

ひょっとしたら、レオンスもアンリの意図に気付いたのかもしれなかった。

アンリは急ぎレオンスを追いかける。食堂を出てしばらく廊下を歩いてからアンリはレオンスの背中にそっと声をかけた。

「レオンス殿下、僕のために……よろしいんですか？」

「あのまま残された俺が邪魔者になるとわかっていて、あんたは言ってるのか？　あんただって居づらいと思ったから出たんだろう？」

そう言ってレオンスは振り向いた。呆《あき》れたような表情を浮かべている。まさかアンリがあんな不躾《ぶしつけ》な行動をするやつだとは思わなかったのかもしれない。だからこそアンリは即座に頷いてみせた。

「はい。失礼ながら……ちょっといちゃいちゃを見せつけられて腹が立っていたんです。あ、僕の見苦しい嫉妬はここだけの話にしてほしいんですけど」

レオンスは破顔した。それから、ツボにはまったらしく、彼は喉を鳴らすように笑った。

「食事の途中で退室する、あんたの自由さに兄上もやや戸惑っていたな。しかし俺が密告しなくてもあんたの嫌味を込めた意図くらいは伝わっているさ」

「魔術師見習い……クビにされるでしょうか」

「安心しろ。兄上はそんな狭量なやつじゃない。だが、もしも一方的な判断が下されたときは、俺が必ず盾になってあんたを引きとめてやる。だから、そんな顔をするなよ」

さらりと頬を撫でられ、アンリが顔を上げると、レオンスは屈託のない表情を見せていた。

レオンスは自分のことよりもアンリのことを慮《おもんぱか》ってくれているのだ。必ず盾になる……その力強い言葉に、思いがけず胸を打たれてしまう。

(その気になるなと釘をさしてきたのに……僕がここに残るのはいいんだ)

「あんた案外わかりやすいよな。退屈していた俺のためだったんだろう？　無理に道化師を演じさせて悪かったな」

レオンスが少し困ったように眉尻を下げる。それから少しばつが悪そうに武骨な指先で頬を掻《か》いた。

豪胆な雰囲気がある彼の王子という身分とは違った年相応の青年らしさがそこには在《あ》った。

「いえ。紛れもなく、僕の本音ですから」

アンリが言うと、レオンスはまた屈託なく笑った。

困った。その飾り気のない表情を、もっと見てみたいとアンリは思った。少しだけキュンとしてしまった。アンリは思わず自分の衣装の胸のあたりを握り締めた。

「魔術師っていうからもっとすかした野郎か、落ち着いたクールなやつなのかと思っていたが、少しだけあんたに興味が湧いた」

そういうレオンスから悪戯《いたずら》な視線を感じ、アンリはどきりとする。

「そ、それは光栄です。僕としては、もっとレオンス殿下とは親しくなりたいと思っていますから」

「へぇ。じゃ、その殿下っていうのをまずはやめろ。あんまり堅苦しいのは好きじゃない」

「……とはいえ、呼び捨てることはいたしかねますので、せめてレオンス様と呼ばせていただいてよろしいですか？」

「あまり変わりないが……まぁそれでいい。そのうち言葉も適当に崩せ。俺と親しくなりたいのなら、な」

用意された部屋の前まであと少し。アンリは焦りはじめる。

ちょっとは心を開いてもらえたような気がするけれど、まだ表面上を少し掠《かす》めただけに過ぎない。

レオンスの言葉に嘘はないかもしれないが、本当に親しくなる気があるとまでは言えない感じがした。

きっとマティアスのような思慮深いタイプだったら言葉の駆け引きが通用するのかもしれない。でも、レオンスはそうではないだろう。素直に行動を起こした方が伝わりやすい気がする。

（もっと踏み込むべきかな……）

「レオンス様が辛《つら》い顔をされているのは、シアン様への想いを断ち切る必要があると考えていらっしゃるから……でしょうか」

レオンスはマティアスのことを慕っている。王としてふさわしいと認めてもいる。そんな兄を脅かす存在になりかねない自分を憂いているのではないか。そんなふうにアンリは心配したのだ。

誤魔化されるか、或いは、適当にあしらわれるか。そう構えていたアンリだったが、どちらも違った。

レオンスは先ほどの様子とは一変し、挑発的な表情を浮かべ、アンリの顎を手で軽く摑《つか》んだ。

「ふうん。あんたが忘れさせるために、俺をその気にさせてくれるってことを言いたいのか？」

硬質な輝きをまとう黒髪から覗かせた彼の眼差しには好奇心と誘惑の色が浮かんでいる。

獲物を捕らえんとする琥珀がかった灰褐色の宝石のような瞳に、アンリはどきりとした。

「……そ、そういうつもりでは」

無論、自分の使命を果たさなければ、アンリとしても詰んでしまうからそうしているだけ。レオンスと恋がしたいみたいな気持ちには至っていない。ただ、彼とは仲良くなっておきたいというふうに感じている段階に過ぎない。

とっさに後退すると、逃がさないと言わんばかりにレオンスに腕を摑まれてしまう。

「なら、どういうつもりだ。俺は妙な駆け引きをするくらいなら、てっとりばやくわかり合う方法を選びたい」

ふと、元来、彼は奔放な遊び人気質であったことを思い出す。

彼の言う、わかり合うという意味は言葉通りのものではないだろう。

彼の好奇心を悪戯にそそのかすつもりはなかったのだが。刺激しすぎてしまっただろうか。

「あんたは俺の花嫁候補だと言っただろう。おかしなことじゃないはずだ」

「待っ……」

「悪いが、俺は待たされるのは好きじゃないんだ」

俵でも担ぐように抱き上げられ、じたばたするアンリなどお構いなしにレオンスはぐんぐんと歩いていってしまう。

連れ込まれた場所は、レオンスの私室らしかった。真紅《しんく》と深青《しんせい》の二色を基調とした落ち着いて広々とした部屋の中、彼は迷うことなくベッドへとアンリを下ろし、それから乗りかかるように組み伏せてきた。

「ま、まっ……」

待って、と抗《あらが》えば、征服欲や支配欲を誘って、逆に襲われそうな気がする。

どうする、どうする。

大したアイデアが浮かばないままに身をよじることしかできない。

そのとき、レオンスが鼻をすすった。そして、何かの匂いを確かめるようにアンリの首筋へと顔を近づけた。

「……っ！」

「あんた……その匂いは」

「へっ？」

アンリが戸惑っている間にも、執拗《しつよう》に首筋や耳の裏の匂いを嗅がれて変な気分になってしまう。レオンスの吐息がくすぐったくて、思わず声がこぼれた。

「ひゃっ」

「……これ、は」

レオンスは弾かれたように反応を示し、それから急に呻《うめ》き出した。

驚いたアンリが彼の具合を確かめようとしたそのとき、さらなる異変が目の前で起こる。

レオンスの琥珀がかった灰褐色の瞳が、燃えるような緋色に染まっていき、やがて彼の身体は人から黒い獣――黒豹《ひょう》の姿へと変わったのだ。

「っ……！」

「レオンス……様？」

呼びかけても応える人はいない。第二王子レオンスの姿はどこにもない。

アンリの目の前には狂暴な欲望を露《あら》わにした黒豹だけ。しかし黒豹の琥珀がかった灰褐色の瞳はレオンスのものに違いなかった。その瞳は飢えた欲望をちらつかせていて、長い尻尾をゆらりと揺らしていた。

アンリはハッとして慌てて身を起こしたあと、黒豹が近づこうとしている気配を察し、じりじりと後退する。このままではまずい。なんとか逃げられるように隙を突くしかない。

不意に、脳裏をよぎったのは『花の種』のことだった。前回アンリは花の種をシアンに飲ませたことがあった。それによってスキルが開花し、フェロモンの属性が付与された経緯がある。同様に、アンリは薬屋に『花の種』を飲まされた。そして例に漏れずフェロモンのスキル属性が付与されたのだ。

やはりそれは花嫁になるための——そう考えるのが妥当だろう。そしてこの状況からすると、レオンスがフェロモンを嗅ぎつけてしまったために発情したということなのだろうか。

じりっと、にじり寄る黒豹を前に、アンリは震えあがる。

バッドエンドの足音が近づく気配がした。

(僕にはシアンみたいな猛獣使いのスキルなんてない。呪いの解呪だってできないのに!)

つまり、物理的に抵抗を試みるしかない。

「お、お願いです。レオンス様、僕のことがわかるなら、どうか、そこから動かないでください」

なるべく冷静に語り掛けようと、声が震えてしまわないようにした。それから後ろへ、横へと、部屋を出られる逃走経路を確保しようと動くつもりだった。しかし対話はもはや無理のようだ。とうとう黒豹は咆哮《ほうこう》をひとつ落とすと、いきなりアンリに襲い掛かってきた。

(もうダメだ、喰《く》われる!)

恐怖に慄《おのの》き、アンリの反応が遅れた。逃げようとしてベッドから絨毯《じゅうたん》へと倒れ込む。しかしその間もなく背中から覆いかぶさられてしまい、その重さに押しつぶされ、身動きがとれなくなった。さらに、黒豹が四肢を絡ませて組み伏せようとしてくる。

「離っ……！」

もがこうとすれば、首筋に鼻を寄せられ、舌を這《は》わされる。そのとき尖った牙が皮膚を伝った。それらの狂気的な感触にアンリはゾクッと戦慄《わなな》いた。

噛むのならひと思いに、痛みを感じる前に絶命させてほしい。アンリは覚悟を決めて目を瞑った。

しかしレオンスは呼気がひどく荒い割に喰らおうとはしない。ただアンリに執着して密着することに余念がない。つまり獲物は獲物でも食肉としてではなく交尾相手に対する欲求を抱いているということだろうか。ひょっとして、懐かれている状態なのだろうか。

（いやいや。不幸中の幸い……だなんて、言えるわけがない！）

背面から黒豹が圧《の》し掛かってくる。その時、硬く張りつめて当たるものを感じた。獣の狂暴な本能の部分が自分に向けられていることを察知し、顔から血の気が引く。

このままでは好き放題に蹂躙《じゅうりん》されてしまう。いずれにせよ、無傷でなんていられない。

魔法、魔法、魔法！

必死に身の内から振り絞ろうとしたけれど、自分から発動されるものは何もない。魔法は想像力を内側から迸《ほとばし》らせる必要があるという。だから焦っている場面ではコントロールしにくいのは理解できる。だが、せめて手や腕や足にバフをかけて離れることくらいできないものなのか。

薬屋にまた腹が立ってくる。こんなピンチのときにちっとも役に立たないなんて何が魔術師だ。名ばかりじゃないか、とアンリは唇を噛んだ。

（ジョブチェンジをした挙句にグレードダウンさせたのはこうしたかったから？　何か選択肢を間違えた？　このままバッドエンド行きってことか!?）

「誰か――！」

自分でも驚くほど大きな声が出た。それはこの世の終わりみたいな悲鳴のような響きだったかもしれない。

黒豹の牙が肌を掠める。ぐっと四肢がさらに密着し、ああもうだめだと絶望した。

そのとき、ドアを蹴破られ、何かが横切って黒豹の腕にどんっと突き刺さった。黒豹が苦悶の叫びを上げる。動きを止めた黒豹の間から今のうちに逃れようとするが、重たくて抜け出せない。

「ご無事ですか！」

駆けつけたのはジュストだったようだ。彼はすぐ様、アンリを黒豹の下から引っ張り出してくれた。

「な、なんとか……」

腰が抜けてしまって立ち上がれない。ジュストが支えてくれていた。

直後、まだ呻いている黒豹の上に、雪の模様をつけた白豹がすかさず飛び込んできて、押さえ込むように組み伏せたのをアンリは見た。その白い豹はマティアスに違いなかった。

愕然とするアンリを尻目に、やがて無効化されたらしい黒豹がすっと力を抜く。

人外、獣――。

彼らの迫力を目の前にして、アンリは震えていた。

怯《おび》えるアンリを察したらしいマティアスがその身を人型へと戻す。彼にはコントロールする力が備わっている。後ろの方では一緒に駆けつけてきたらしいシアンがほっと胸を撫でおろしているのが見えた。

黒豹は怪我《けが》の痛みに呻き続けたまま、その場から動かない。見ると腕からかなり出血していて、側にはナイフが落ちていた。痛みのせいというよりも、自我を取り戻しつつある中で意識的にそのまま人型に戻るのを拒絶しているように見えた。

アンリは力の入りきらない身体でふらふらと歩く。

「アンリ様、危険ですよ」

ジュストにすぐに止められた。

警戒している黒豹をなんとか諭そうと近づくと、彼に威嚇されてしまう。

「で、でも、手当をしないと……！」

「制御できないレオンスのことなど構わずに放っておけばいい。あれではしばらくは動けないだろうからな。ジュスト、あとは頼む」

「仰せのままに」

マティアスは冷酷な視線を向け、急ぎその場を去った。シアンが頭を下げると、慌ててそのあとをついていく。部屋には血を流した黒豹と、ジュストとアンリだけが残された。

(違う、誤解だ。レオンス様だけが悪いわけじゃない……)

アンリは傷ついているレオンスのことを想うと、マティアスに対して、助けてくれたお礼をとっさに口にすることはできなかった。

「どうしよう。人の姿に戻るよりも獣の姿の方が傷の治りは早いんでしょうか?」

魔術師の基礎能力として、落ち着いた状態なら、簡単なバフや治癒魔法くらいはかけられる。馬車並みに足が速くなるわけでもないし、傷が軽く塞がっていくくらいの小さなものだけれど。それでも血を流して呻いている彼の助けになることはできるのに。

レオンスは目を瞑ったまま浅い呼吸を繰り返している。

「アンリ様、手当をしてくださるのなら今のうちですよ。応急セットも部屋にはありますから」

気遣うようにジュストに言われて、アンリはハッとする。

「すぐに、取り掛かります」

それから、レオンスが大人しくしている間に包帯を巻きつけると、アンリはそこに治癒魔法をかけた。思っていたよりも深手だったみたいだ。でも、これで止血はされたし、傷はしばらくすれば塞がっていくはずだ。

「私が、もっとうまく手加減ができればよかったのですが……」

だいぶ深く突き刺してしまったことをジュストは申し訳なさそうにしていた。

だが、反省すべきは、別のところにあるとアンリはわかっていた。

事の発端はあのアンリの一言だ。

『レオンス様が辛い顔をされているのは、シアン様への想いを断ち切る必要があると考えていらっしゃるから……でしょうか』

レオンスが心を開こうとしてくれたから気を抜きすぎていた。あれはレオンスにとってみたら最大級レベルの地雷だったに違いない。

「きっと僕が、無神経なことを言ってしまったからです」

しゅんと落ち込むアンリに、

「……呪いのせいもあるかもしれません」

ジュストがぽつりと言った。

「獣憑きの……呪い」

そうだった。ジュストは呪いのことを知っている。彼もかつては王家の血筋を引く正当な王位継承者のひとりだったのだ。今なら、もう少し詳しい話を聞けるだろうか。

「説明はされましたが、頻繁に人外の姿になるのでしょうか？」

「呪いは、花嫁を迎える資格を得られた青年期になると発症します。発情期にリミッターが外れると、あのように全身あるいは半身が獣の姿になってしまう」

「マティアス殿下は白豹に、レオンス殿下は黒豹に……？」

「はい。そのリミッターが外れても暴走しないように、日々訓練を重ねているので、日常ではまず起きないのですが、どうやらフェロモン等による強い刺激を受けると、あのように制御できなくなることがあるようなのです」

「フェロモン……」

「獣化しても自我はありますし、めったに人を襲うことはなく、理性もそこには存在します。特別な、激しい情動がない限りは……」

そういえば、あの時、首筋に鼻を埋《うず》めていたレオンスの尋常ではない様子を考えると、獣たちに効果のあるフェロモンの属性が、レオンスに効いたということなのだろうか。

フェロモンを感じやすい獣憑きの呪いと、フェロモンの属性を持つ魔術師に付与されたスキルの波長が合ったのか、二つの条件が引き合った結果、あの状態を引き起こしたということだろうか。

自分では匂いを感じることができないから確かめようがない。レオンスが正気に戻ったときに、詳しく事情を聞いてみることはできるだろうか。

「或いはそれ以外の原因として考えられるとしたら——」

ジュストは表情を険しくさせた。

「呪いは肉体的、本能的な部分もありますが、精神的な部分に作用するものです。レオンス殿下の精神面の方に問題があるからではなく、そもそも呪いの力が強まっているから精神面に影響を及ぼしている、と考えたらどうでしょう」

なるほど、とアンリは頷く。

ジュストの言うことも一理あると思った。

レオンスの心の中にはシアンに対する未練があって、アンリの言葉が彼を傷つけ、それが今回の件の引き金になったのではないかと考えていたが……呪い自体のせいでレオンスの精神面が不安定になっていると考えることもできる。そんな状況下で、フェロモンによる刺激が加われば、精神に強く作用して暴走しても仕方なかったのかもしれない。

思えば、やたらこの世界が強制イベントを発生させるのも、この危機から脱するために解呪を急かしているからだとすれば腑に落ちる。そうして自分の中で整理をしたあと、アンリはやるせなくなってため息をこぼした。

「僕はまだまだ未熟です。これでは魔術師ではなく魔術師見習いと評価されるのも当然ですね」

きっとアンリはこの世界に試されているのだろう。攻略するということはそういうことだ。流されるままただ受け入れるだけではなく、これからはもっと自分から向き合い方を変えていく必要がありそうだ。

「私は、あなたを蔑む目的で言ったわけではありませんよ」

「はい」

「それと、私のこともご存じでしょうから申し上げておきますが、私はマティアス殿下やレオンス殿下のようにはなれませんでした。兄弟のうち誰より臆病者だったのです。その先にある未来や愛を信じることもできなかった」

「……ジュスト様」

「もし、レオンスが今心に置いている人以外を拒むのならば、とっくに私と同じ道を選んでいるでしょう。でも、彼はそうしていない。元々強い心を持っていますし、純粋な面もあります。きっと彼は……まだ、愛を信じているのではないかと思うんです」

ジュストが寂しげに微笑む。確かに彼の言うことは一理あると思った。

レオンスはまだ諦めていない。心に巣食った喪失感も、呪いにおける苦しみも、いつか乗り越えられることを信じている。ただ今は呪いの力が強いせいでコントロールしきれていないだけかもしれない。

それなら、やはり魔術師見習いであるアンリにすべきことは決まってくる。

レオンスと本気で恋をすることは未だ考えには及ばない。

けれど、彼を助けたいという気持ちの芽生えだけははっきりと感じることができた。

■4　想いの変化と共に、距離を縮めていく二人レオンスの獣化による暴走事件から五日ほど経過したある日の夜——。

レオンスの怪我はすぐによくなったようだとジュストがアンリの部屋まで報告しにきてくれたが、アンリがすぐにでも見舞いに行こうとしたら止められてしまった。

「また獣化した際に暴走する可能性がゼロとは言い切れませんし……もう少し気持ちが落ち着いてからの方がお互いのためかもしれません」

「そう、でしょうか。ますます気まずくなりませんか？」

アンリの懸念はそこだ。せっかく距離を縮められるきっかけができたのに振り出しに戻ってしまいかねない。下手したらもっと遠ざけられる可能性だってある。

「こういったらなんですが、王族として気高くあろうとする心は、レオンス殿下が兄弟の中では一番だと、私は思っています。レオンス殿下のことを信じて、もう少し待ってみてはいかがでしょうか」

ジュストはゆったりとした口調で、言葉を選びながらも大事なことを説いた。彼の言うことはもっともだ、とアンリはすぐに行動しようとした自分を省みた。

急《せ》いては事を仕損じる……という諺《ことわざ》が頭の中に久しぶりに浮かんだ。

「確かに、その通りですね」

「ご理解いただけたようで幸いです。私は最近マティアス殿下よりもレオンス殿下のお側に控えることが多いので、何か変わったことがあればすぐにご報告いたします。アンリ様の方でもまた何か気になることがあれば、いつでもお声がけください」

「ありがとうございます。ジュスト様」

ジュストは微笑を残して、すぐに辞した。

再び、与えられた部屋にぽつりと独りになってから、アンリはため息をつく。

毎日レオンスのことが気がかりで仕方なかったが、自分にできることは限られている。数日の間、アンリは王宮を探索しつつ、書斎で調べ物をしたり、マティアスに呪いの話をさらに詳しく聞き取りしたりしながら、レオンスのことを慮った。

（フェロモンが誘発させた、と考えると……やっぱりレオンス様にとっては不可抗力だったわけだ。まずは、それを次に会った時にちゃんと伝えてあげないと……）

レオンスならきっと何かあれば自分から訪ねてくるだろう。今は、気まずさがあるから顔を出せないでいるだけで、タイミングを見計らっているに違いない。

普段の陽気さは自分を着飾って守るための装備。本来のレオンスが持つ性格とはまた別なのかもしれない。

（僕だって……元の世界ではただのコミュ障な陰キャだったしさ）

アンリは自分がループしてまたこの世界に引き戻されたときのことを思い出していた。

なんとなくだが、自分の肌にざわつく予感みたいなものがずっと側にある。レオンスが獣化した際の制御しきれない衝動は一度きりではきっと終わらないだろう。最初に起こったあれは自分の選んだ行動次第でバッドエンドになりうることを世界が警告してきたのかもしれない。そんな気配がしていた。

たとえバッドエンドになっても元の世界に戻してもらえるならいいのだが、そんな簡単な話ではないことは一度体験しているからわかる。本当に死ぬか、またやり直しをさせられるか、きっと鬼畜なシステムに翻弄されるんだろうな、とアンリは想像していた。

それに、前回は自分が主人公じゃなかったからか、どこか現実味のないＶＲゲームを体験しているような気分だったけれど、今回は何かが違う。

（きっと、僕がシアンみたいな猛獣使いではなく魔術師見習いになったことにも意味があるんだろうな）

ジュストが言っていた呪いの解呪が目的になっているのなら、どうしたら呪いが解けるのか、そこに行き着くためのプロセスについて、真剣に考えなくてはいけない。

レオンスがまた獣化した際、再び自我を失って理性がコントロールできなくなるようなことがあれば、プライドを何度も傷つけられることに彼が耐えきれなくなるかもしれない。そしたらもう二度と心を開いてくれなくなってしまう可能性だってある。

本音を言えば、なんで自分がやらなければならないのか……と今でも感じている。

けれど、初めて向けてくれたレオンスの屈託のない表情を思い浮かべると、胸の奥がぎゅっと詰まるような気がする。太陽のようにまばゆい笑顔が、レオンスには似合う。理不尽な呪いなんかのせいで彼の表情を曇らせてしまいたくない。使命感とは別のところで、単純にそう思うのだ。

しかしレオンスと向き合うためには、まずは彼の信頼を得なければならない。

(待つことも……選択肢のひとつ)

アンリの考えはそこに行き着いたのだった。

とはいえ、何もせずにいるのも落ち着かない。部屋にいるときはいいが、王宮内を歩いていると、臣下の視線をちくちくと感じるのだ。

魔術師見習いはいったい何をしているのだ、とでも思われているかもしれない。今はマティアスの恩恵があるから大きな顔をしていられるが、いつまでも役立たずのままでここに滞在してはいられないだろう。

(そうはいっても焦ったところで何もやれることはないし……もういっそ、庭園に花でも咲かせてみる?)

考えることに疲れたアンリは、ベッドに身を投げて天井を仰いだ。

そのまま少し眠ってしまおうかと瞼が下りかけたところで、透明なアクリルボックスが現れた。世界に見張られているような不快感を覚えつつも、アンリは選択肢をじっと睨む。

『花の種を試す』『花の種を試さない』

二択だった。チカチカ点滅はしていないので、強制イベントではなさそうだ。

「花の種……そういえば、これも謎のままだった」

アンリはじっくり考えることにし、再び、今までのことを回想する。

前回、アンリが謎の魔術師としてシアンのサポートに回っていたときは、シアンに花の種を飲ませて、薬屋の元へ行くように仕向けた。そこでジョブチェンジをしたシアンは猛獣使いのスキルを得て、フェロモンの属性を付与された。

今回、アンリは経路こそ違うが、薬屋で花の種を飲まされ、強制的に魔術師見習いのスキルを得て、フェロモンの属性を付与されたのだ。

「花の種を試すって、どう試すんだろう……」

しかし反対に試さないままでいたらゲームオーバーになりかねない気がする。

自分の直感を信じて、『花の種を試す』方へ気持ちを持っていく。

選択肢はすっと宙に消えていった。すると、花の種の袋からきらきらと輝く光が見えた。誘導されるようにアンリは花の種に触れる。自然と、指先でやさしく包むように持ち上げたそれが、無意識のうちに口元へと引き寄せられた。

唇に触れる直前になって、アンリはハッと我に返った。

（今、意識を操られていた？　待って、これをまた飲むっていうこと……？）

脳裏をよぎるのは、あの恐ろしい感覚だった。あんな想いをするのは嫌だ。一瞬にして、全身が拒絶でいっぱいになる。しかし、選択したあとではもう止められなかった。そして、例のごとく大蛇が巻きついてくるような息苦しさと、身体に焼けるような熱がこみ上げてきた。

「ぐ、あ、ぁっ！」

身悶《みもだ》えるようにベッドにしがみつき、やりすごすしかない。

「はぁ、……はっ……」

アンリは汗だくになりながらぼやける視界の中、自分の手首に浮かび上がるものを見た。

そういえば、王宮に初めて呼ばれた日、この部屋に案内されたときにも、何かの模様のような痣《あざ》のような、うっすらとした刻印が見えたような気がしていた。でも、あのときよりもやや濃い気がする。

「この模様は……」

いつかどこかで見た気がする。だが、朦朧《もうろう》としているせいで、それがどこで見た記憶だったたか、何の模様だったか思い出せない。やがてまたそれはうっすらと消えていってしまった。

（意味がわからない。まさか渡された分だけ、何度も飲まなきゃいけないっていうこと？）

それではまるで処方された薬を飲み続けなければならない状況と一緒だ。渡してきた相手が薬屋なのだと思えば、不思議なことではないけれど。

（花や種だって一種のハーブと一緒……薬と似たような効き目を持つものだってある）

考えたくない。できれば遠慮したい。恐ろしい副作用のような症状に何度も耐えられる気がしない。

さっきの自分が自分ではなくなるような体験をすると、実際に獣憑きの呪いにかかっているレオンスやマティアスの精神力がどれほど強いかを改めて思い知らされる心地だった。

（それとも、これは何か攻略するためのヒントとか？）

しかし疲弊しきった状態では、少しも解決の糸口が見出《みいだ》せない。魔法と魔術と薬学と、現代と異世界と呪い、頭の中がごちゃごちゃ混乱しはじめていた。

とにかく今は汗だくで気持ちが悪い。まとわりつくものを流してしまいたかった。

アンリは側にあった呼び鈴を鳴らした。少しすると侍女が訪ねてきた。

「お呼びでしょうか？」

「汗を……流したいのですが、これから湯殿をお借りしてもいいでしょうか？」

アンリがぜいぜいと疲労困憊の状況でいるのを、やってきた侍女は驚いた顔をして見ていた。しかし今は他人を思いやる余裕はない。

「か、かしこまりました。準備が整いましたら、すぐにご案内いたします」

それから程なくアンリは湯殿に向かい、まるでローマの共同温泉のような雰囲気の広々とした室内で、ゆったりと身を湯に浸《つ》からせた。

侍女が気を使ってくれたのか、アロマオイルのような馨しい香りが漂っている。さっきの花の種のことが脳裏をよぎったが、それとはまた別だと考えれば普通に癒された。ようやく心身共にリラックスできてほっと息をつく。

（驚かせちゃったし、あとでお礼を言っておこう）

年若い侍女のようで慌ててタオルや着替えを詰め込んだ籠を持ってきてあたふたと用意してくれた

のだ。なんだか申し訳なかった。

それから――湯殿から出てすぐのことだった。

レオンスの姿を見つけたアンリは思わず声を上げてしまった。その声に気付いたレオンスが振り返る。

ここでばったり出会うとは思わなかったので焦ってすぐに言葉が出てこなかった。それはレオンスも一緒だったのだろう。気まずそうにしながらも、それでも彼は再び背を向けることなく、自分からこちらに近づいてきた。

「この間は、あんたに酷いことをした。悪かったな」

レオンスはすぐに本題に触れてきた。回りくどいことをしようとしないのが彼らしい、とアンリは思う。

「いえ。僕が、考えなしだったんです。レオンス様は、少しも悪くありません。当たり前の衝動を簡単に抑えることなんて……できないはずなんですから」

そう、レオンスほどではないが、さっき自分の身に起きたことを振り返りながら、アンリは言った。

「こうして話すことさえ怖くなって嫌になってもおかしくないっていうのに、あんたはやさしいやつなんだな。まあ、任務があるんだから当然かもしれないが」

レオンスが目を伏せる。彼の方こそアンリがそう考えているかもわからないのにそれでも声をかけてきてくれた。その勇気は誰にでも出せるものではないし、彼の素直さは見習いたい部分だ。

きっと呪いはそういう彼のよい部分を見失わせてしまう。いくらどれだけ心身共にタフな人間だって、解決方法がないまま苛《さいな》まれれば、いずれ自信をなくしてしまいかねない。

この間は、マティアスやシアンに対して八つ当たりしたくなったけれど、マティアスが大事な弟を気にかけることは当然のことなのだと、今ならわかる。苦しみを知っているからこそ同じ症状を抱える弟をなんとかして救いたいのだ。

「僕は、任務はもちろんありますが、レオンス様をもっと知りたいと思う気持ちは、本当ですから」

困ったように笑う、レオンスのその表情には、やさしい色が灯《とも》っている。

そういう一面をもっと知っていきたいと、内側からこみ上がってくる気持ちがある。

数日前の出来事以来、レオンスを救いたい、助けたい、と感じたのだって嘘じゃない。

信じてほしくて見つめていると、レオンスが微《かす》かに頬を染めた。

「わかったから、もういい。明日……改めて、時間をもらえないか?」

「もちろんです」

レオンスが歩み寄ってくれたことが嬉《うれ》しくて自然と笑顔が溢《あふ》れる。つられたかのようにレオンスにも穏やかな笑みが戻っていた。

まずはお互いのことを少しずつ知っていく必要がある。アンリは覚悟を決めてレオンスを見つめた。

彼のことを知りたいなら、自分のこともきちんと知ってもらわなければならない。その上で、協力体制を敷いたほうがずっと話が早い。

（世界がそれを許すかどうかは、やってみないとわからないし……探っていくしかない）

＊＊＊

王家の正当な血を引く者が長年わずらっている獣憑きの呪い――。

王家の血筋を絶やすことなかれ。花嫁候補を至急用意せよ。

王室の重臣らが慌ただしく動くようになったのはここ数年のことだ。

そんな中、ある日レオンスの兄であるマティアスが猛獣使いを王宮に呼び寄せた。青年の名はシアンという。柔らかそうな紅茶色の髪と、海を思わせる青の瞳、やさしげだが芯の強さを感じさせ、どこか中性的な魅力を持つ彼に、レオンスもまた興味を持った。

最初は、マティアスが花嫁候補にしたいと言い出したやつがどんな人間か、という好奇心だけだった。

あるときはシアンの放つフェロモンに惑わされたこともあったが、理性を失ったことは不可抗力でしかなく、兄の花嫁候補に本気で手を出す気なんてなかった。今まで獣化したり半獣という人外の姿になったりしたとしても、衝動を御しきれないことはなかったはずだった。

つまりきっとそれは、いずれ獣憑きの呪いが重症となったときに訪れる未来を示していたのかもしれない、と自分の心に釘をさした。

しかしその一方、マティアスとシアンが仲を深めていき、獣憑きの呪いを我が物として従えるマティアスの王位継承者たる姿と、そんな兄に寄り添うように支えるシアンの姿を見ているうちに、レオンスは想いを通わせ合う二人のことが羨ましくて仕方なくなっていた。

自分とは違い、兄のマティアスには救いがある。きっと絆を結び合ったマティアスとシアンの二人はかつて王家を襲った悲劇など乗り越えてこれから幸せになるのだろう。

二人の婚約を報告されたとき、レオンスはまばゆい海の水面《みなも》を見たような気持ちになった。輝ける二人が、自分を置いてどこまでも遠くにいってしまいそうに感じたのだ。

初めて得た感情にレオンスは戸惑った。

これは嫉妬か？　否、今さら兄に嫉妬などしない。兄弟としてずっと弟である自分の身などわきまえてきた。兄のことは尊敬しているし敬愛してもいる。内側に芽生えたものがあるのならそれは今まで以上の強い羨望、そして自分への劣等感、それから……ひとりだけ取り残された気分になったような、ほんの少しの孤独感だったかもしれない。

自分はマティアスのようにはなれない。兄こそが王位継承にふさわしい。だからこそ、レオンスは兄の助けになるように王室に関わってきた。これまでもこれから先もそうするつもりでいる。

その一方、満たされない想いはその後も常にまとわりついていた。周りに対して陽気に振る舞うのは自分を着飾るための偽りの姿だ。そうして王族の気品を振りまいて誤魔化していたに過ぎない。

寄ってくる者は懐に寄せて好きにさせてもらった。飽きて去っていく者は放っておけばいい。本気になるだけ無駄ならば、一夜限りの関係だって構わなかった。

性欲は獣憑きであろうとなかろうとそもそも人間に備わった本能なのだから、満たしたいと思えば満たせるような相手を見つければいい。兄のように自分を抑えつけ続けるのは無理だとレオンスはわかっていた。

それに一夜限りの関係は悪いことばかりではない。適度な欲求の発散は獣憑きの呪いからくる衝動の爆発を抑えることができる。そういう事情を知っているからこそ、遊んでいることを王室の連中から咎められはしたが、強く止められることはなかった。それをいいことにレオンスは道化を気取って遊び歩いていたのだ。

けれど、このところその欲求が一切満たされることがなくなった。どうしてもマティアスとシアンの二人のことが脳裏をちらつく。まるでそれこそが呪いのようにレオンスの精神を蝕んだ。それが最近のレオンスの不調の原因かもしれなかった。

そんな矢先に、王宮に魔術師という客人が招かれた。マティアスが呼んだのだという。呪いの解呪の相談役として宮仕えさせることに決めたというが、その一方で、レオンスの花嫁候補のひとりとして見繕ったのだという。いつだったか、シアンがそうして連れてこられたときのことが脳裏をよぎった。

花嫁候補の件については別段、腹は立たなかった。王家の人間に花嫁候補を連れてくることは今までにも数えきれないくらいあったから慣れている。それに、マティアスがシアンを婚約者に選んだとはいえ、万が一のためにレオンスにも花嫁候補が必要だと考えるのは王室にとって当然のことだ。王室の考えも理解はできた。ただ、レオンス個人としては今すぐに乗り気にはなれないだけだった。

その後、実際に魔術師のアンリと接触することになり、ほんの少しだけ彼に興味を持った。魔術師というイメージからはかけ離れた、純朴そうな雰囲気に、荒《すさ》みかけて尖った心が和んだ気がした。久方ぶりに他人に興味を持った瞬間だった。

それから——異変は突然訪れた。

アンリに感じたあの匂いが、かつてシアンが放ったフェロモンに似て感じたのだ。きっとそれが記憶と照らし合わされ、発作的に獣化による暴走の引き金になったのだろう、とレオンスは推察した。

久方ぶりの御しきれない発情にレオンスは苦しんだ。せめて人間の姿のままで抑えられていたらまだいいのだが、獣化してしまえば、よりいっそう本能に従うようになる。そうして理性が崩壊し、一旦暴走すれば自分の意思ではどうにもできなくなってしまう。最悪の場合、自我を忘れたまま獲物をただ喰らう獣そのものに成り下がるのだ。

ジュストとレオンスがすぐに異変を察して飛び込んできたことが幸いだった。自分の腕に刺さった痛みなどいずれは消える。だが、相手に与えた苦痛だけはどうしても我慢ができない。

アンリを実際に傷物にしないで済んだことにはほっとしたが、それでも彼を追い詰めたことに違いはなかった。

顔を合わせづらいという気持ちもあったが、すぐに会いにいけばアンリを怖がらせるだけだと思った。だから少ししたら顔を出して謝らなければならないとレオンスは考えていたのだが――。

湯殿のあたりを通り過ぎたとき、アンリがレオンスを発見したらしく声を上げた。わかって素通りをするのもいたたまれず、レオンスはアンリの方を振り向いた。かける言葉は決まっていたものの、アンリを見た瞬間に、少しだけ言葉を失い、うっかり彼の素顔に見惚《みと》れた。

普段のローブに身を包んだ、いかにも魔術師という風貌ではなかったからだ。

洗い立ての髪は艶やかに、頬が健康的に輝いている。潤んだ青みがかったその瞳と、花の色のように淡く色づいた頬は、初めて会ったときよりもよほど年相応の青年らしく瑞々《みずみず》しい。

見惚れていた自分に激しく動揺しつつ、先日の件を謝罪すると、アンリは自分にも非があったから当然のことなのだと、少しもレオンスを責めなかった。そればかりか彼は、自分を襲おうとした相手に対し、朗らかに笑顔を向けてきたのだ。

『僕は、任務はもちろんありますが、レオンス様をもっと知りたいと思う気持ちは、本当ですから』

拍子抜けするほど、アンリはやさしくレオンスを受け入れてくれた。そんな彼の心根にまた惹かれていく自分がいることに気付かされ、戸惑った。

たちまち胸の内側に熱いものがこみ上げ、凍りつくように強張《こわば》っていた心臓が早鐘を打ちはじめるのを感じていた。

動揺したレオンスは、とりあえず今はこの場から早く離れなければならないと思い、アンリに提案した。

「わかったから、もういい。明日……改めて、時間をもらえないか？」

「もちろんです」

アンリから返された、綻ぶような笑顔に、胸の中心に熱の杭《くい》を強く打たれたような衝撃を受けた。

全身が熱く震え、血液が勢いよく流れていくような感覚がした。まだ、自分の中にあの衝動の名残があるのではないかと心配になってしまうほどに。

（この気持ちはいったいなんだ……）

レオンスは動悸《どうき》や息苦しさを覚え、ため息をつく。それからも微熱に苛まれるかのようにずっと身体の火照りが治まらない。獣化の暴走の副作用がまだ残っているのだろうか。

悶々としたものを独りではどうしても吐き出せず、その後、任務交代して宿舎に帰ろうとしていたジュストをつかまえて私室に招き、一杯酒に付き合わせたのだが——。

ジュストは何がおかしいのか口元に笑みを浮かべ、酒を噴き出しそうになっていた。

「は？　今の話の、何がおかしい」

こっちは深刻な話をしているというのに、いきなり笑い出すとはどういうことなのか。

レオンスが不機嫌を露わにし、眉間に皺を刻んだことにも気付いているくせに、ジュストは肩を揺らしている。元からジュストは笑い上戸だっただろうか、否、そんなはずはなかったと思うのだが。

「……はぁ。失礼しました」

そう言いながらもジュストは笑いをかみ殺しきれていない。何がおかしかったというのか、理解できない。しばし待つと、ジュストは目尻の涙を拭いてようやくため息をついた。

「気が済んだか？　おまえのせいで興がそがれたぞ」

レオンスはソファの背にどんっと身を預け、残りの酒をぐいっと呷《あお》った。

「申し訳ございません。けっしてレオンス殿下を嘲笑するような意図はないのですが、私はこう思ったのですよ。何もそう難しく考える問題ではないのでは……と」

「だから、どういう意味だ、と聞いている」

勿体《もったい》ぶるジュストに苛々《いらいら》しながら、レオンスは即座に問い返した。

「少しだけお待ちください。かつてシアン様に対して健気《けなげ》な友情を育もうとなさっていた姿を思い出したら、レオンス殿下のいじらしい心境の変化にどうしてもたまらなくなって涙が……いや、ここで私が泣いたらおかしいだろうと考えたら、なぜか勝手に笑い上戸になってしまいまして……しばしお待ちを」

変なツボに入ってしまったらしく、ジュストはまた肩を揺らしていた。

「はぁ、もういい。しばらく笑っていろ」

ふんぞり返って長い足を組み直し、レオンスは鼻を鳴らす。しばし疲労感に目を瞑っていると、ようやくツボに入った笑いから解放されたジュストが話を再開させた。

「……お待たせいたしました。つまり、こういう意味ですよ。以前はシアン様に興味を持たれていた。今は、アンリ様に心を奪われかけているということでしょう？」

その言葉に、レオンスは目を開く。

ジュストはいつの間にか真顔になっていた。

「結論から申し上げますと、失恋を癒すには新しい恋が必要ということです」

「しかしまだ出会って間もない相手だ」

「今まで散々花嫁候補がやってきていたじゃないですか。同じことですよ。それに、惚れっぽさがあったっていいじゃありませんか。前を向けたということなのですから」

「もしかして俺はおまえに慰められているのか？」

「きっと、レオンス殿下は初めて恋を失う経験をしたから、その後の心の変化についていけていないのではないでしょうか。それが、どこか悶々とした気分になるような、釈然としない理由ですよ」

「今まで散々適当にしてきた俺には似合わない助言だ。無様な話ともいえるな」

レオンスの口からは自嘲するような笑みがこぼれる。

「そうでしょうか？　私は嬉しかったですよ。レオンス殿下にも人を愛する気持ちが残っていたのだな、と」

ジュストがにこやかに微笑を浮かべる。それがなんだか兄に見守られるようなくすぐったさを感じてしまい、いたたまれない気分だった。

「……俺には最初からそういうものがないと思われていたのなら、それは心外だ」

奔放ではあったが、それは陽気な道化を装っていたレオンスの虚像に過ぎない。愛したいという欲求や、愛されたいという欲望がなかったわけじゃない。その対象を振り向かせられなかったことは事実だが。

（興味はあった。自分のものになれば面白いと思ったことも。自分では、そこまでシアンに入れ込んでいた気はなかったんだが……）

今となっては認めざるをえない。自分の心に巣食っていたものに改めて気付かされた。図らずも、自分から愛されることを手放した、かつて一番目の兄だったジュストのおかげで。

「僭越《せんえつ》ながら私から一言申し上げます。本気の恋を忘れるには本気の恋をすればいいのですよ。そして、また失うのが嫌ならば次で最後の恋にする覚悟を決めればいいのです」

レオンスの内心を察したらしいジュストは見守るような表情を向けてきた。

そんなジュストを直視していられず、レオンスは空になったグラスを思わず口元に引き寄せていた。

「かつて人としても獣としても必要なものを手放すと覚悟を決めたおまえに、それを言わせてしまうか、俺は。すまない、兄上……」

レオンスは空いたグラスをテーブルに置いて、気まずさを誤魔化すように両の腕を組む。

「いいえ。私は臆病ゆえに脱落した身というだけです。レオンス殿下なら叶えられると信じているからこそ、私のように諦めてほしくないと思っています」

にこやかに微笑むその表情は、かつての兄のようにやさしく、レオンスの胸を打つ。

獣憑きの呪いは、かつての王室に混乱と悲劇をもたらした。

現在、ジュストは二十五歳、マティアスが二十三歳、レオンスが二十一歳。

表向き、ジュストはあくまでマティアスとレオンスと同じ乳母兄弟で幼なじみの騎士というふうになっているが、本当はジュストが王位第一継承者だったのだ。

ジュストが王位継承権を放棄し、生殖機能をなくし、騎士の道に進んだその理由は——獣憑きの呪いで獣化の衝動を制御できなくなった彼が王妃を喰い殺そうとしたことがきっかけだった。なんとか未遂で済んだが、それ以来、心労がたたった王妃は病に倒れた。その件でジュストは責任を感じていた。

マティアスと違って獣憑きの呪いを制御する器でないのだとジュストは言ったが、彼は獣憑きの呪いから逃げたわけではない。責任感からの自罰だ。誰かからの愛を受け入れることも、誰かに愛を与えることも、ジュストはそのときに諦めたのだ。

「……そんなおまえを慕い、好いてくれてる者がいるという噂話を聞いたんだが」

生殖機能を停止させることは、獣化の衝動を抑えることにも繋《つな》がる。しかし当然ながら子をもうけることはできなくなる。それでも共に生きていく伴侶を見つけられないわけではないだろう。それも選ぶべきひとつの道といえるかもしれない。

「それは、メイドたちの暇つぶしのお喋りのネタに過ぎませんよ。相手が誰であろうと、今のところは受け入れる気はありません。自分のためにも相手のためにも」

ジュストがかぶりを振る。そんな彼は、本来なら王位継承すべき自分が弟たちにすべてを押しつけたことを今でも申し訳なく思っているのかもしれない。

「いずれにしても誰より王にふさわしいのは、マティアス殿下でしょう。その事実は私のことがなかったとしてもいずれ王室で議論されたはずです。そして、マティアス殿下の側で支えられる器をお持ちであるのは、レオンス殿下ただひとりであると私は思っていますよ」

ジュストは王室の在り方についての話に引き戻した。それ以上、自分の事情には触れさせなかった。だからレオンスもそれ以上は追及するのをやめた。誰だって掘り返されたくない傷を持っているものだ。

「俺は、ジュストが近衛騎士として側で俺たちを守ってくれている今があったことを誇りに思っている。それははっきりと伝えておくぞ」

レオンスはそれだけは告げなければと、身を正した上で言葉にした。

「その御心《お》に報いるために、私はこれからも忠誠を誓い続けます。それと同時に、殿下の幸せを願っていますよ」

ジュストがそう言い、嬉しそうに微笑む。

なんとなく気恥ずかしくなったレオンスはかつての兄にもう一杯の酒を付き合わせることにする。

「前向きな恋の話なら、いつでも付き合いは大歓迎ですよ。よい肴《さかな》になりますから」

「……もうそれはいい」

きまりわるかったレオンスはそう言いながらも、自分の中に燻《くすぶ》っていたものがゆっくりと昇華していくことに気付く。

そして、改めてアンリと向き合いたいと考えている自分を受け入れはじめていた。

ふと、レオンスの中で思い出されることがあった。それは、アンリから放たれていた匂いだけでなく、彼の手首に浮かび上がっていた痣あるいは刻印のような模様だ。

あれは何か意味のあるようなものの気がする。獣化して我を忘れつつあったときにも目に留まったくらいだから見間違いではないだろう。あれをレオンスは以前にも見た気がしていたのだ。

（次にアンリに会ったら、直接、聞いてみるか）

＊＊＊

翌日、侍女がレオンスからの言伝を残していった。

「池が見える方の庭園で待ち合わせをしたい」ということだった。

（ざっくりした指定場所だな……）

広い王宮の中を数日かけて散策したとはいえ、考えなしに歩いていたら迷子になりかねない。

途中、使用人らや衛兵に尋ねて、アンリは池の見える庭園へと近づいていく。

薔薇が咲きこぼれる庭園の中に、東屋《あずまや》のようなものが見えてきた。そこから花とは別の甘い香りが漂う。どうやらティーパーティーの準備がなされていたようだ。

長身のレオンスと側に控えていたジュストの姿が見えてくる。彼らの周りでは給仕係が忙しく働いている。

アンリがひょっこり顔を出すと、レオンスが弾かれたように表情を明るくした。

「アンリ。来てくれたか」

「すごいですね……」

実際に近づいてみると、テーブルには様々なものが並べられている。結婚式の披露宴でもするのだろうかという豪華さだ。

「あんたをここに呼んだのは、改めて歓迎会を開きたいと思ったからだ」

レオンスはきまりわるそうな表情を浮かべつつも、普段の陽気さを取り戻したように見える。

アンリは微笑みを返し、丁寧に挨拶をした。

「素敵なお茶会にお招きいただきありがとうございます」

「側にはジュストも控えている。今は落ち着いているが、万が一のことがあればやつを頼ってくれ」

「はい」

「悪いが、兄上たちは抜きだ」

レオンスはそう言い添えたあと、アンリをまっすぐに見つめた。

「俺はあんたとゆっくり過ごす時間が欲しい」

レオンスのまっすぐなその瞳に、どきりとする。そこには、何か彼の意思のようなものが備わっている気がした。彼もまたアンリと向き合おうとしてくれているのだろうか。

面映ゆいような気持ちになりつつ、アンリがそわそわしていると、レオンスがふっと笑って、着席するように促す。

「まずは、好きな席に座れ」

長方形型の白いクロスが敷かれたテーブルはどこからでも手にとれるように色鮮やかな菓子を乗せた皿が並べられており、給仕係はポットとティーカップを準備して待っていた。

どこに座ろうか、と左右に目を配っていると、透明のアクリルボックスの選択肢が現れ、意表を突かれる。

(え、こんなところで……?)

忘れた頃にこうしてふらっと現れるのだから、困ってしまう。そのたびにアンリはここがゲームの世界なのだと改めて認識させられるのだ。

『向かい合わせに座る』『右の隅に座る』『彼の隣に座る』

(さて、どうしようか……)

主催であるレオンスは正面の中央の席にいる。向かい合わせでは話す声がやや遠い。右の隅というのは端っこの方で、遠慮しすぎのような気がする。

そういえば、食堂ではマティアスが中央に座り、すぐ左手にレオンスが座っていた。ゲストは基本的に主《あるじ》と向かい合わせか、向かって右側の隅の席に座るのがこの世界ではマナーのようだが……。

そういうマナー的なものを今のレオンスは望んでいない気がした。

『彼の隣に座る』

アンリが選んだのはそれだ。選択肢一覧は目の前からふっと消えた。

「隣にお邪魔してもいいでしょうか？」

「もちろんだ」

レオンスが破顔した。

嬉しそうな様子を見れば、きっとこれで正解なのだろう。アンリはレオンスの隣に着席し、給仕係が紅茶を注ぎおわるのを待つ。

「紅茶で乾杯というのも味気ないかもしれないが……アンリ、あんたを心から歓迎する」

「ありがとうございます。頂戴いたします」

ふわりと漂う茶葉の香りにひと息つけた心地になる。レオンスがアンリのためにこうして席を設けてくれたことが何より嬉しいと思った。

「好きに手をつけてくれ。俺も、朝の鍛錬のあとだから、まずは腹を満たしたい」

サンドイッチなどの軽食類、それからマカロンやチョコレートケーキなどのスイーツ、ベリーなどの果物やチーズを乗せたビスケットなどの摘《つま》めるもの。

どれも美味しそうだ。一応、作法は気にしつつもレオンスのことを気にかけながら、自分の好きなものをお皿に乗せていく。

(こういう時間はやっぱり大事だよな……)

ゲームとアニメのお伴にお菓子。娯楽がなければ人は生きていけない。そんなふうに元の世界で思ったことをしみじみと振り返る。

ゲームの中は現実よりも過酷なことが大いにある。ここで一旦休息をもらっても罰は当たらないはずだ、と思いたい。

それから、アンリが目を輝かせながら自由にスイーツを堪能していると、しばらくしてからレオンスが尋ねてきた。

「おまえに聞きたいことがあるんだ」

「なんでしょうか?」

「手首に浮かんでいた模様のことだ。何かの刻印ではないかと考えていた」

「思い当たることが何かあるんですか?」

「ああ。俺の私室に、その模様についての本がある」

「見せてもらってもいいですか?」

「ああ」

それから――。

ティーパーティーがお開きになったあと、アンリはレオンスと共に彼の私室へと向かった。後方ではジュストが引き続き護衛についており、レオンスの私室に移動したあとは、部屋の外で待機してくれている。

「……適当にしていてくれ。今、本を持ってくる」

「はい。お邪魔しますね」

アンリはソファにちょこんと腰を下ろすことにする。しばらくすると、レオンスが本を抱えて隣にやってきた。

「手首の刻印は……今は、あまり見えないんだな」

レオンスの視線がアンリの手首へと寄せられる。

「はい。少し前に濃くなったと思ったんですが……」

「だが、おそらく同じものだ」

レオンスがそう言って差し出してくれた厚みのある本はだいぶ古いもののようだ。彼が開いてみせたそのページに印字された模様を見る。

「これは……国旗に描かれていたものと同じでしょうか？」

ブルーノア王国は、獅子と剣と天秤が描かれた紋章だったはずだが、今見ているものは少し違う気がした。

薔薇の花の中に獅子の姿が描かれ、小さな月と星が円を囲っているようなデザインのようだ。

アンリの疑問を察したらしいレオンスが、説明してくれた。

「これは、古の王家の紋章だ。だいぶ前に今の国旗に描かれている模様に改訂されている」

「古の王家の紋章……」

「あんたの手首の刻印が、古の王家の紋章に似ているのだとしたら、俺を狂わしたのは、この刻印が原因のひとつなんじゃないか、そう思ったんだ」

ただ豪放磊落なだけではなく、彼には観察眼がある。

(フェロモンを誘発する花の刻印……)

「その仮説に思い至った理由はちゃんとある。それと同じ痣が、俺の身体にもあるからだ」

「え？」

「青年期になると現れるようになった痣だ。兄上たちもそれぞれ痣の場所は違うが、身体のどこかにこの模様が刻まれているはずだ」

いきなり脱ぎ出そうとするレオンスに焦っていると、彼は腰の背部あたりを晒《さら》した。そこには確かに似た模様があった。

「呪いのための痣かと思っていたが、あんたが同じような刻印を持っていることに意味があるのだとしたら……」

レオンスがそう言いかける中、アンリが紋章の模様をしげしげと眺めていると、ふと顔が近くなっていたことに気付く。すぐ側で目が合ってしまい、息が止まるかと思った。

改めて間近で見たレオンスの顔は王族の品のある麗しさと精悍さを兼ね備えていて、その美しさこそ暴力的にアンリを翻弄する。じわりと顔に熱いものを感じていると、レオンスが不満げに眉根を寄せた。

「す、すみません。じっと見すぎていました」

「違う」

「……え」

「いや。俺の方が、あんたに見惚れていたんだ」

「え、あの……」

言葉と裏腹なレオンスの不機嫌な態度に、アンリは混乱する。慌てふためいているうちに本に乗せていた指先が触れ合う。その指先を離そうとしたときには、レオンスに手首を摑まれていた。

「レオンス様、待っ……」

「刻印が……」

「え？」

「見てみろ。あんたの手首だ」

「え？　あ……っ」

レオンスに言われて自分の手首を確認した。うっすらと浮かび上がっていく模様は、本に描かれていたものとよく似ている。やがて濃くなってきたそれはまさしく古の王家の紋章の形に似ていた。

しかし似ているだけで王家の紋章そのものではない。その周りには薔薇の茨《いばら》のような模様と花びらが描かれているのがわかる。そうして浮かび上がった模様の形成は止まった。

このことにはいったいなんの意味があるのだろうか。

止まりかけていた思考が急に活性化する。

アンリは薬屋であったことから記憶を遡りはじめた。

「そもそもこの刻印が出るようになったのは、花の種を飲まされたから？」

ジョブチェンジの場、そして花の種を試すようにと浮かんだ選択肢。追加で飲み込んだ花の種。そのあとに、うっすらと浮かんでいた模様が少しずつ濃くなっていったこと。

それらを考えていると、レオンスが呼吸を乱したことに、アンリはハッとする。

「レオンス様？」

「……っはな、れろ」

レオンスが息を荒くしていた。もう既に半分くらい獣化している。灰褐色の瞳の色が緋色に変わりかけていた。それは発情の暴走を示す合図だった。

アンリは反応が遅れて、その場からすぐに動けなかった。

離れなくてはいけない。でも、それだけでは済まないだろう。助けを求めなければ。

でも今、自分が声を上げたら、ジュストがためらいなく踏み込んでくるだろう。そしたらレオンスがまた傷つけられてしまうことになる。それが仕方ないことだ、とアンリにはやはり思えなかった。

レオンスは懸命に耐えていた。今のうちに出ていけと、彼の瞳が切実に訴えている。でも、彼の苦しみはアンリが離れたからといって治まるものではない。結局、ジュストの得物によって物理的に無効化されるのを待つことになるだけだ。

何かいい案はないのか。僕にもできることはないのか。

ギリギリまで考えたいのに焦りが邪魔をする。

そのとき、透明のアクリルボックスが浮かび上がった。

『レオンスに花の種を試す』『花の種を試さない』

その二択に、アンリは目を丸くする。

(花の種……！　僕じゃなくてレオンス様に試す？)

アンリは常に花の種が入った腰袋を身につけている。万が一、他の誰かの手に渡って悪用されたら困るからだ。でも、今、花の種がこうして必要になるとは思ってもみなかった。

レオンスが咆哮を上げた。

早くしろ、と彼はアンリが出ていくことを急かしているのだ。彼の限界は近い。

試しても試さなくても、どうせ無事ではいられないかもしれないなら、直感で選ぼう。試してみる方に賭けるしかない。

アンリは覚悟を決め、選択肢に意識を向けた。

『花の種を試す』

すると、選択肢の上にまるで花火のような大輪の花が開く。

（え……何だ、これ）

こんなエフェクトは今まで見たことがない。

目を奪われている間に、アンリは無意識にレオンスの口元に花の種を押しつけていた。

「……な、に……」

早く出ていけ、と緋色に変わりかけた瞳がアンリを鋭く睨む。彼の爪の先が黒く変わっていき、半身から少しずつ毛皮に身を呑まれ、レオンスが獣化していっている。もう限界が近いところをレオンスは必死に耐えているのだ。

でも、だからこそアンリも引くことはできなかった。

「お願いです。このまま飲み込んでください……！」

牙が生えかけた唇にぐっと押し込むと、指先にガリっとした痛みが走った。

「――っぅ……！」

けれど、アンリはその場からどかない。

きっとレオンスには今ある苦しみの他に、アンリが体験したあの苦しみを追加してしまうことになるのだろう。それでも何かヒントになるのであれば、やってみるしかないのだ。

苦しみ悶えるレオンスの様子から逃げずに目に焼き付けるべきだとその場で気持ちを奮い立たせていたアンリは、突然、別の方角から急に襲ってきた自分への衝動に息が止まりそうになった。獣化しかけていたレオンスの症状がゆっくりと落ち着いていく一方、反動を受けたみたいに手首に燃えるような痛みが走ったのだ。

「う、あぁっ……！」

耐えきれずに声を上げ、仰《の》け反《ぞ》るように手を引こうとすると、手首に血の痕《あと》のような筋ができていたことに気付く。さっきレオンスの牙に引っかけてできた傷から流れているものとは違った。そこには朱色の痣……というよりもなんらかを象《かたど》った模様が、煌々《こうこう》と輝くように印刻されていたのだ。

しばしの静寂が訪れ、互いの呼吸が浅く入り乱れる。

「いま、のは……いったい、何が、起きた」

呼吸を整えながら、レオンスはすぐにもアンリの身を案じてくれた。熱っぽい瞳はまだそのままで発情のリミッターは未だ外れていない様子だ。これは花の種の効果があったということだろうか。

「レオンス様は……大丈夫、ですか」

「俺のことはいい。あんたの方がずっと辛そうだ」

「とりあえず、大丈夫です。手首が痛いけれど……無事です。ただ、何が起きたのかさっぱり……わかりません」

アンリが手首を押さえようとすると、レオンスがはっとしてその手を摑んだ。

「待て、見せてみろ。おまえの手首……また模様がある」

レオンスに指摘され、アンリは手首を見た。

「前にも見えたけれど、そのときは薄くなっていったのに、今度は消えない……」

その意味をアンリは考えようとしたが、なぜか力が入りきらなくて動けなくなっていた。すると、レオンスがアンリの身を引き寄せ、腕の中に抱いてくれた。

「レオンス様？」

「とにかく今は、すぐに医者に診てもらった方がいい。怪我をしているだろ。俺のせいだ。すまない」

「いいえ。大丈夫です。平気ですから……僕は一応、魔術師ですし、簡単な切り傷くらいなら治せますから。それよりも……」

「なんだ。してほしいことがあるなら遠慮なく言え」

「もう少しだけ、このままでいてもいいですか」

「もちろん、それは構わないが……」

レオンスは少し驚いたような顔をしたが、アンリの望む通りに身を預けさせてくれた。

寄りかかって休みたいような疲労感がそこにはあった。それと同時に昂揚《こうよう》しているような何か。レオンスにこうして密着していると得られる多幸感のような不思議な感覚……これはいったいなんなのだろう。

しばらく離れがたく甘えるように身を寄せているとレオンスが少しだけ息を呑んだのがわかった。

「すみません。重たくないですか？」

「気にするな。おまえは軽いというか細すぎるくらいだ。ちゃんと食ってるのか？」

レオンスはそう言ったあと、自責の念を顔に浮かべ、深々とため息をついた。

「さっき……なんですぐに出ていかなかった。あのままじゃ、あんたは俺に襲われていたかもしれない。最悪、喰い殺されるかもしれなかった」

厳しい表情で言及するレオンスに、アンリは質問し返す。

「……あのまま僕が逃げていたら、レオンス様はどうしていたんですか」

「質問を質問で返すな」

「あなたのことを傷つけたくなかったんです」

「逆だろ。俺が、あんたを傷つけようとしていたんだぞ」

「いいえ。きっと僕が見捨ててしまったら、あなたの心は絶対に傷ついてしまっていた。もう、僕はあなたの悲しい顔を見たくないと思ったんです」

「……あんたは、なんで」

その理由をレオンスは知りたがっている。アンリもその理由を見つけようとしている。けれど今はただ素直に感じたことを伝えるだけで精一杯だった。

レオンスが納得してくれたのかはわからないが、バカだ、と一言呟き、アンリの指先や手首に唇を寄せてくる。

やさしく触れてくるその行為は、慰撫《いぶ》するようでいて、彼自身が泣いているようにも感じられた。涙こそ流していないが、彼の心に止めどなく流れる雨のような雫《しずく》が視えた気がした。

レオンスの心には見た目からは図れない深い傷がある。やっぱり見捨てて逃げないでよかったのだと、アンリは心から思った。たとえ自己満足でも、やっぱり間違いではないと感じた。

そのとき、目の前に透明のアクリルボックスが浮かんだ。今度はなんの選択肢なのかと、アンリは気だるいまま見上げ、不可思議な光景に瞬《まばた》きする。

（ひとつだけじゃない……？）

正確には透明のアクリルボックスの上方に横に伸びた棒グラフのようなゲージがついていた。その左端のあたりが薄い桃色に変わっている。

（え、これって……？）

ひょっとして攻略キャラから主人公に向けられた好感度や親愛度を表すパラメーターというやつではないだろうか。そんなふうに思い至った。

……ということは、アンリの採用した選択肢によって、秘密ルートのうちレオンスエンドに向かいはじめたということだろうか。

「どうした？」

動揺していると、レオンスが心配そうにアンリの顔を覗き込んできた。

当然のことながら、この選択肢はアンリ以外には見えない。

「少し気になることがあるんです。薬屋に使いに出てもいいでしょうか？」

不思議そうにしながらも、レオンスは頷く。

「兄上に許可をとれば、外出することくらい構わないだろう」

「よかった。なるべく早く……解決しておきたい問題ができたんです」

アンリはそう言いながら、薬屋の顔を久方ぶりに思い浮かべ、むかむかしてくるのを感じた。一度、あの男を問い詰めておかねばなるまい。ここがゲームの世界なら攻略することは当たり前だが、どうにもあの薬屋に翻弄されているような気がしてならない。

それに、そろそろこのあたりで大事なヒントくらいは聞いておきたいと思ったのだ。

■5　正式な花嫁候補

翌日、マティアスに薬屋に赴く許可を取り付けると、さっそくアンリは出かける準備を整え、玄関ホールから外に出た。移動手段として馬車を用意してくれると聞いていたのだが、アンリを待っていたのは外套《がいとう》を羽織ったレオンスと一頭の見慣れない白い馬だった。

「え、レオンス様？」

「俺も一緒に行く。あんたをひとりにさせておくのは心配だからな」

「……王宮をここで離れて、いいのですか？」

アンリは少しだけ困っていた。薬屋に殴り込みに行くくらいの勢いで問い詰めようと思っていたからだ。レオンスが一緒にいたらさすがにそれはできそうにない。

「案ずるな。あんたは何か相談したいことがあるんだろう。その間、俺は外で待たせてもらうだけだ」

言うが早いか、レオンスは慣れたように悠々と馬に乗り上げ、さらにアンリへと手を差し伸べた。

「こいつはシュクル。俺の相棒だ。おまえは前に乗れ。馬車よりもずっと速い」

ぶるっと鬣《たてがみ》を揺らした白い馬……シュクルにややためらいつつ、アンリはレオンスの手を摑んだ。ぐっと引き寄せてくるその力は頼もしく、あっという間にすっぽりとレオンスの前におさめられた。

「俺にしっかり寄りかかっていろ」

「は、はい」

（シュクル……砂糖っていう意味？　レオンス様がつけたのかな？　意外にかわいい名前だ）

美しい鬣をなびかせる馬を眺め、アンリは頰を紅潮させる。アンリも馬に乗れるようにはなったが、レオンスは馬を自分の一部のように扱っていてまるで別の乗り物のようだ。

逞《たくま》しい胸板と腕に包まれ、心地よい速度で風を切って走る。暑い日差しに焼かれる肌が少しだけちりちりした。アンリを支えながら手綱を握るレオンスの頼もしさに、うっかり気を抜くと妙に意識してしまう。顔が見えない体勢でよかったとアンリは思わずにいられなかった。

やがて目的の場所に近づく頃、馬は速度を緩め、城下町に入ってからさらにゆったりと歩きはじめた。

レオンスは念のため騒ぎにならないようにお忍び用の外套を身につけて顔を隠しているが、やはり王子という高貴な身分である彼のオーラ自体は消せるものではないようで、街の人々の視線がたびたび向けられるのを感じた。いつものように地味なローブに身を包んだアンリのことなどレオンスの荷物の一部としてしか視界に映っていなさそうだ。

やがて、茶色の煉瓦の屋根にワイン色の扉がつけられた、軒下に馬に羽根をつけたペガサスの看板――件《くだん》の薬屋が見えてきた。

親しみを覚えてしまうほど通い慣れていることに若干のため息がこぼれるが、アンリは薬屋と対峙《たいじ》するために改めて気合を入れ直す。

「ここが薬屋か。カフェ或いはバー……花屋のように見えるな」

レオンスが興味深そうに薬屋の外観を眺める。

「僕も最初にここに来たときはそう思いましたよ」

「じゃあ、俺はこいつと外で待っている」

「はい。すみませんが、少しだけお待ちください」

アンリはレオンスにそう言い残すと、薬屋のドアを開けた。

ドアベルのカランと心地のよい音が響く。

棚に置かれたガラスのポットには薬草やハーブが入っていたり、床には大小様々な花の鉢植えがあちこちに並べられたりしているし、カウンターに近づくと、蒸気のようなものがフラスコからこぽこぽと小気味のよい音を立てている……毎度おなじみの光景だった。

奥から店主がやってきてカウンターに立つ。そうして彼は妖しい微笑みを向けてきた。

「お待ちしておりました。アンリ様。そろそろ来られる頃ではないかと案じておりました」

こういう態度がやっぱり鼻につく。

「じゃあ、さっそく奥の部屋で話を聞かせてもらおうか」

カウンターにどんと手をついて身を乗り出すと、薬屋がきょとんとした顔をする。

「おやおや。ずいぶんと性急ですね」

「……外に待たせている人がいるんだよ」

「レオンス殿下ですね？」

まるで最初から見てきたかのように言い当てる薬屋の眼鏡の奥の瞳に、やはりうすら寒いものを感じてしまう。

「……いいから早く」

「かしこまりました」

くす、と薬屋は笑って、それからすぐに奥の部屋へとアンリを案内する。

部屋の中央には薄紫色の水晶のオブジェが輝きを放ち、麝香の馨しい匂いが漂っている。まるで占いの館のようなこの場は、ジョブチェンジの仲介場所だという。もう何度となく見た光景だ。

（またここで選択肢が出てこないだろうな？）

強制ジョブチェンジされたことを思い出したアンリは警戒しながら中へと歩みを進める。その途中で、ちらり、と薬屋がこちらを振り向いた。何か言いたげにしていて、ニヤついているようにも見えてくる。

アンリはまただんだんとむかむかしはじめた。やっぱり薬屋のことが苦手だ。以前にこのゲーム世界のシステムマスターではないかと疑ったが、機械的な対応をする割に人の心を見透かしたような発言をする。こちらの行動パターンを読んでいるといわれればそれまでだが。

薬屋と接していると不思議な魔法や魔術に支配されるが、それと同時に否応なしにここがゲームの世界であることを思い知らされてしまう。そして駒のように動かされる自分がもどかしくなるのだ。

そんなふうに色々思うところはあるけれど、とにかく今日は強制イベントが発生する前に、大事なことをはぐらかされないよう薬屋に色々と聞かなければならない。それが最優先のミッションだ。

アンリは改めて気合を入れ直す。

「それで、私に何かお話をされたいとのことですが、どういったご用件でしょうか」

「花の種と、僕の手首に浮かぶ、古の王家の紋章らしき刻印の件だ」

「ほう。そこにたどり着いたのですね」

見事です、と言いたげに眼鏡の奥の目が細められる。いちいち苛々するけれど、とにかく話を進めることにする。

「回りくどいのはいい。僕は、ここで花の種を飲まされた。その後、王宮では花の種をまた飲む機会があった。どうやら花の種を飲むと、手首の刻印が濃くなるらしい。浮かんだあとに消えかけるけれど、残された濃さが違うのがわかった」

アンリはそう言い、自分の手首を見せた。

「他の部分は確認されましたか？」

「……他の部分？」

思ってもみない問いに、アンリは首を傾げる。

「その刻印は、七箇所に現れるはずなのです。ですから、まだひとつだけということか、とお尋ねしています」

「自分で見た限りではそうだけど……」

何か雲行きが怪しい。

「そうでしたか」

薬屋の視線が、アンリの身体を辿《たど》っていく。

手首、うなじ、鎖骨、脇腹、背中、腰、内腿《もも》——刻印は七箇所……そう言いたげに。

最後に薬屋は意味ありげに微笑んだ。

「それは自分で確認するからいい」

「左様ですか。一度、鏡で御覧になるといいでしょう。或いは……私でなくても、どなたかに確認してもらうのが一番ですよ」

まとわりつく薬屋の視線がなんだか気持ち悪く感じてアンリは若干身を引いて眉根を寄せると、結論を急かした。

「……で、この意味を教えてもらいたくて来たんだ。その他に、選択肢の上に現れた淡い色付きのゲージみたいなものが――」

「おめでとうございます。それはフェロモンを誘発させるための印。そして、その変化は、花の種が無事に開花されたということです。これであなたはレオンス殿下の正式な花嫁候補としての資質を認められました」

最後まで聞け、と言いたくなるところだけれど、話が早いのは助かる。

「はぁ。やっぱりそういうこと？　じゃあ、選択肢の上の余白っぽいゲージは好感度とか親密度のパラメーターというわけ？」

「どうぞ、レオンス殿下との仲を深めてください。それが、あなたの使命です」

「僕の件に関してはわかった。その花の種をレオンス様に飲ませることの意味は？　獣化を抑える効果があるということ？　僕がフェロモンを誘発させるなら、矛盾しているように感じるんだけれど」

「……どうか、引き続き、結びつきを強めていってください。その先は、ご自身でお確かめになるしかありません」

薬屋はそれだけ言って、眼鏡の奥で張り付いたような笑みを浮かべたまま微動だにしない。

つまりそれ以上は教えてくれるつもりはないらしい。情報収集的には無駄足といえるが、はっきりと確証を得た分、諦めがついてスッキリしたともいえる。

アンリはため息をつき、薬屋を後にした。

好感度或いは親密度のパラメーターが一本のゲージだけでよかったと思うべきだろうか。ゲームによってはたとえば執着度とか絶望度とか二種を天秤にかけるような複雑なシステムを採用しているものもある。そうなれば、また色々と面倒なことになりかねない。

(これから出てくるとか言わないでくれよな)

もうたくさんだ、とかぶりを振った。

変なフラグを立てたくなくて、アンリはそこから先を想像するのをやめた。

「僕が、レオンス様の正式な花嫁候補になった証……か」

想いを整理するように独りごとを呟きながら玄関を出ると、思いのほか近くにレオンスの姿があって、声が届いてしまったらしい。

「へぇ。そういうことだったわけか」

その声にアンリはハッとする。

店先の階段に寛《くつろ》ぐように座っていたレオンスが立ち上がった。彼の好奇心に満ちた灰褐色の瞳がこちらに向けられている。

アンリの首から上にじわっと熱がこみ上げた。

「あ、あくまで、現時点で！　花嫁候補というだけです」

とっさに言い訳すると、レオンスがやや不満そうに眉根を寄せる。

「元々あんたは俺の花嫁候補のひとりでもあったわけだ。なんの問題もないだろう」

至極当然のようにレオンスは言い切って、じりっとアンリに近づいた。ただでさえ迫力のあるレオンスにそうして詰め寄られると、無意識に腰が引けてしまう。

「というか勝手に決められて、レオンス様は嫌ではないのですか？」

狼狽《うろた》えながらも、アンリはレオンスにその真意を確かめようと問うた。

「俺は、あんたのことを誰より好ましいと思ってる」

レオンスはそう言うやいなや、アンリの手を掴んだ。

そのまま離さない、と指を搦《から》めとられてしまった。

王家の血を強く思わせる、畏怖さえ感じる熱い眼差しに、言葉さえ封じられてしまう。

「っ……レオンス様」

思わず情けない声がこぼれた。

そんなふうに戸惑うアンリを尻目に、レオンスはやさしく微笑を浮べる。

「怖がらせる意図はなかったんだが。まだ、おまえに遠慮やためらいがあるのは仕方ないか」

そう言いまた真顔に戻ると、レオンスは話を続けた。

「あんたの身体にある刻印と、王家の呪いの紋章が引きつけ合う運命だっていうのはわかった。だが、それとは別のところで、俺はあんたに惹かれている」

「……そ、その気持ちだって、操作されたものかもしれないんですよ」

「あんたが、俺の気を引こうとしているなら、むしろ歓迎だが？」

「でも、僕は……」

「それとも、俺よりも兄上の方が好みか？」

自嘲を帯びた表情でレオンスが尋ねてくる。

その皮肉には、いいえ、と即座にかぶりを振った。

「別に隠さなくても見ていればわかる。あんたの兄上を見る目には一種の好意があったからな」

それは確かにそうだ。元の世界にいたとき、アンリにとっての推しはマティアスだったから。この世界に来てからマティアスに憧れの気持ちを持っていたことを否定はできない。

「だが、今は……勘違いでなければ、少しくらいは俺のことを好いているはずだ」

自信ありげにそう言うレオンスにどきりとする。彼はきっと引かない。摑んだままの手が熱を帯びているのがわかる。

アンリは花の種を何度か飲んだ。薬屋によると、それによりフェロモンを誘発する印を内側に抱くようになったらしい。そして今のアンリの変化は、レオンスの正式な花嫁候補としての資質が開花した状態だと説明をされた。

一方、レオンスに花の種を飲ませたあと、彼の獣化の暴走が抑えられた。一見、矛盾しているようだが、もし薬屋が暗に示唆していたように、お互いに花の種を飲んだことによってリンクし、正式な花嫁候補と認められたなら、アンリの方もレオンスを夫として認めた、つまり今まで以上に二人の結びつきが強くなった証だといえるのではないだろうか。

そうであれば、あのときアンリが無性にレオンスに甘えたくなるような感情を抱いたことも説明がつく。

そうして周りにお膳立てされるように惹かれていくのがこのゲームのシステムや攻略状況のせいだとしても、それを差し引いても、アンリはレオンスに対して以前とは違う感情を抱いていることは確かだといえる。

想いを巡らせて黙り込んだアンリの手を、レオンスが彼の方へと引き寄せた。

「自分の気持ちに自信がないなら、確かめる術《すべ》はひとつだ」

レオンスは手を離し、その代わりに、指先でアンリの顎をついと上げた。

互いの視線が交わると、彼はやさしく目を細めた。

確かめる術……それは。

「互いに……触れ合って知っていくことだろう」

目が離せなくなっていく。身動きがとれない。心臓の音だけがどんどん大きくなっていく。

ふわりと鼻腔《びこう》をくすぐるのは花の匂いか、或いは彼のまとう香りか。フェロモンのことが脳裏をよぎったが、くらくらしてその先の思考が惑わされてしまう。

「アンリ、俺はあんたのことがもっと知りたい。これは俺の意思表明だ」

射貫《いぬ》くような強い眼差しに、アンリはそのまま動けずに魅入っていた。

レオンスの側で選択肢が浮かんでいた。

点滅しているそれは強制選択肢だ。ここまできたらもう選ばせてはくれないらしい。

『キスを受け入れる』

鼓動が耳の近くまで迫《せ》り上がってくる。

アンリは自然にゆっくりと目を瞑った。それを合図に唇が触れ合い、重なり合ったその温《ぬく》もりに全身が痺《しび》れるような心地になる。

レオンスが名残を惜しむように幾度となく唇を啄《ついば》んでくる。やがて彼に応じるようにアンリもまた自分から唇を寄せていた。

そこからはもう、頭の芯がぼうっとして何も考えられない。鳥のさえずりや木々のざわめきが遠くに聞こえる。

この先は、魔術師として呪いを解くために、レオンスの花嫁候補として彼と必要なだけ甘い時間を過ごしていくことになるのだろう。

戸惑いと期待とそれから説明のつかない感情が、激しい鼓動と共に甘く奏でられていた。


（まさか、こんな展開になるなんて……）

さっきのレオンスとのキスを思い出すと頭が煮えたように悶々としてしまう。できたら今は頭に浮かばないでいてほしい。そうじゃないといつまでも顔の火照りがとれなくなってしまう。

王宮への帰りは何を喋っていいのかわからなかったから、馬車ではなくて馬でよかった。安易に口を開けば振動で舌を噛んでしまうので、否応なしに黙っていることになるからだ。

（王宮に戻ったら……なんて報告をすればいいんだ）

薬屋に相談したいことがあるからと出かける許可をもらった以上、マティアスに報告しないでいるわけにはいかないだろう。

王宮に到着して厩《うまや》に馬を預けている間、アンリが悶々としていると、

「兄上にはそのまま伝えればいい」

察したらしいレオンスがそれだけ言った。

「ですが、お膳立てされるのは嫌ではなかったのですか？」

「あれは……あのときとは心境が違う」

そんなレオンスはぶっきらぼうにそう言い放つ。彼の顔がやや赤くなっていた。

アンリは墓穴を掘ってしまったと思った。

そうだった。あのときはまだ、レオンスはシアンへの未練を昇華できずにいたはずだ。

けれど、アンリとの関係が変わった今なら――。

「アンリ」

「は、はいっ」

アンリは思わず背筋をピシッと伸ばす。それから固まったように動けないでいると、レオンスがアンリの頬に手を伸ばす。その指先が触れた途端、全神経がレオンスに向けられたような感覚がして、アンリは息を呑んだ。

ざわっと木々が風に吹かれて葉音を立てる。甘い薔薇の香りが二人の間にふわりと漂う。土を踏む馬の息遣いがやけに遠くに聞こえた。

「あんたと……おまえと、もう少し一緒にいたい」

これまでのレオンスはどこか自分の領域に侵入されることを拒むように一定の距離を空けていた。

そんな彼が自分からアンリとの距離を縮めようとしている。その気持ちがまっすぐに伝わってきて、アンリは動揺してしまう。

「で、でも……」

「おまえが嫌がるようなことはしない。だが、俺の正式な花嫁候補として選ばれたというのなら、相応の関係は持ちたい」

「……っ」

いきなりストレートにそんなことを言うのは、レオンスくらいかもしれない。

相応の関係という部分がいくらやんわりとした表現であっても、その意味がキスやそれ以上のことであることはわかる。

こみ上げた羞恥から目を逸らしたい衝動に襲われた。けれど、射貫くような熱を帯びた視線からは逃れられない。レオンスのこういうまっすぐなところにアンリはどうにも弱い。

（そんな……）

参った。使命と私情と任務とがまたごちゃごちゃに混乱し、頭がくらくらした。どう返事をしていいかわからないアンリをアシストするかのように、透明のアクリルボックスが浮上した。好感度パラメーターも変わらずに上に表示されている。

『もちろんです』『お手柔らかにお願いします』『少しずつなら……』

用意周到に空気を読みすぎている選択肢が今はただ憎たらしい。

レオンスの正式な花嫁候補になったということは即ちレオンスルートの親愛ミッションのようなも

のだ。きっと回答によって好感度の上昇率が異なるのだろう。

経験上、レオンスのようなタイプはきっとストレートに一番目と二番目を選んだ方が正解かもしれない。でも、お願いだからもう少し距離を詰めるのは待っていてほしかった。

『少しずつなら……』

個別ルートに入った直後なら、きっとこの選択肢を選んでも、すぐにバッドエンドにはならないはずだと信じて、嘘のつけない感情のまま意識を向けると、目の前に花火のような大きな花弁が広がった。

ということは――。

（え、これが大正解なの？）

意外な反応に驚きつつ顔を上げると、屈託のない笑顔を見せたレオンスがアンリを唐突に抱きしめた。

「……わかった。善処してやる」

その声にいたわるような愛情を感じて、アンリはおずおずとだがレオンスの背に手をまわした。

すると、レオンスの腕にぎゅっと力が込められた。その抱擁は彼の強引さとは裏腹にひたすらやさしかった。

しばらく応接間で休憩をしたあと、政務が一段落したというマティアスとの謁見が叶った。その場でアンリはレオンスと共に、正式な花嫁候補になったことを報告した。

報告した直後、マティアスの表情は穏やかに綻んだ。隣にいるシアンと顔を見合わせたあと、レオンスとアンリにそれぞれ視線を向けた。

「――そうか。我々もそのつもりで対応していこう。何か、気になる点があればいつでも相談するといい。今後も協力は惜しまない」

仰々しくなってしまっている気がして、アンリは少し焦っていた。

正式な、ということだが、花嫁……ではなく、花嫁候補なのだ。どんどん外堀を埋められていくことにプレッシャーを感じていると、

「兄上、その件だが……アンリのことは俺に任せてほしい」

レオンスが割って入った。

「無論、二人の邪魔立てをするつもりはない」

「……兄上の厚意はわかっている。協力を申し出てくれていることにも感謝している。だが、さっきアンリとも相談した。まずは二人の問題として少しずつ向き合う必要があると考えているんだ」

粛々とレオンスはマティアスに訴える。意表を突かれたような顔をしたマティアスだが、すぐにいつも通りの温厚な表情を覗かせた。

「なるほど、おまえの申し出はよく理解した。二人のことに過度な干渉はしないと約束しよう」

そう宣言してから、マティアスはアンリにも申し訳なさそうな目を向けた。

「……思えば、私は問題を解決することばかりに目を向け、貴殿の気持ちを無視するように急いてばかりいたな。すまなかった」

アンリはかぶりを振った。

「いえ。協力してくださるというお気持ちは、大変ありがたく存じます」

「そういうわけだ。邪魔をしないと言ったな。俺たちはこれで失礼するがいいか？」

先ほどの慎《つつ》ましげなレオンスは殻をやぶるように、いつもの豪放磊落さを見せ、アンリの肩を強引に抱き寄せた。

いきなりのことにアンリは目を丸くしつつレオンスの顔を見上げる。

その瞬間、視線が交わった。彼のありのままの好意を受け取って、勝手に顔が熱くなってしまう。

「あ、ああ。話は済んだから問題ない」

「だ、そうだ。これから部屋に戻る。しばらく人払いをしてもらおうか」

側に控えていたジュストがやや慌てたように付き従う。ちらりとレオンスが視線をやると、心得たようにジュストは恭しく頭《こうべ》を垂れる。それからアンリの方に悪戯っぽい視線を送ってきた。

そうして三人の王家の男たちに微笑ましく見守られ、アンリは顔を真っ赤に染め、いたたまれないような気持ちでその場を立ち去ったのだった。

＊＊＊

「あ、あのっ」

アンリの戸惑いと恥じらいの混じった声に呼び止められつつも、レオンスの胸の高鳴りはしばらくおさまりそうにはない。

謁見の間から出たあと、レオンスはアンリの手を繋ぎ、自分の部屋へと黙々と歩き続けた。

急いてはだめだと思えば思うほど、早くアンリを独占したいという欲求に苛まれる。誰も見えない場所に閉じ込めたいと考えてしまう。

それは獣の血が流れるゆえの本能からくるものなのか……と一瞬、気後れして歩みを止めようと思ったが――。

アンリの顔を見た瞬間に、煮えたぎるような甘い感傷が胸を突いたことに、レオンスは今までとは異なる自分の想いの変化を認めざるをえなかった。

『少しずつなら……』

アンリが歩み寄ろうとしてくれているその健気な姿勢に、まるで心臓を撃ち抜かれでもしたかのように身を焦がされた。

アンリが欲しい。キスだけでは足りないという衝動が湧き立つ。それは、発情のリミッターぎりぎりに迫ってくるような感覚だった。

このまま獣憑きの呪いによる発情が抑えきれなくなったら今度こそアンリの信用を失いかねない。それはどうしても避けたい。だが、もっと近くで触れていたい。

そんな葛藤に喘《あえ》ぎながら、レオンスはアンリを私室に招いた瞬間、とうとうたまらなくなって腕の中に閉じ込めた。

「アンリ……おまえのことが欲しくてたまらない」

ぎゅっと抱きしめると、

「レオンス……様！　ま、待って、ください」

約束が違う、と怒り出しそうな空気を察した。

それでも構わずにレオンスがそのまま抱きしめ続けていると、いよいよ爪を出して暴れかねなかった子猫が急に気まぐれで大人しくなったみたいに、ようやく力を抜いてくれた。

それを同意と受け止めてはいけないのだと、レオンスは頭では理解している。その上で、愛《いと》しいと感じた存在へ許しを乞う。

「言ったはずだろう。もう少しおまえと一緒にいたいと」

「……言いました」

「誰にも邪魔をされない場所で、おまえとこうしたかったんだ」

「……それも、さっき聞きました」

触れ合っている鼓動が速い。どちらがどれだけそうなっているのか判別がつかないくらいに密着し、レオンスはアンリに囁《ささや》く。

「心臓の音がうるさいな。せっかく話をしても聞こえなくなりそうなくらいだ」

「……そ、それは僕の方じゃなくて」

「お互いに、だろ」

もぞもぞしているアンリがかわいく感じて、レオンスはふっと笑う。

それからようやく腕を緩めた。至近距離で見つめようと顔を覗き込むと、耳まで赤くしたアンリが見つめ返してくる。咎めるように睥睨《へいげい》してみせる彼のその仕草にまた微笑んでしまう。

「おまえが嫌がるようなことはしない。だが、俺の正式な花嫁候補として選ばれたというのなら、相応の関係は持ちたい。それが俺の本心だ」

王宮の外で伝えた言葉を再びなぞるようにして、レオンスはアンリを見つめた。

「……そ、それも聞きました。僕、返事はしましたよね？」

「ああ。少しずつなら……と許可はされた」

「そうですよ。少しずつ、少しずつ、です！」

「だから、少しずつ距離を縮めるつもりでこうしてる」

うるさい唇をやさしく啄《ついば》むようにしてそのまま塞いでやると、アンリがまた話が違うと言いたげに怒った目を向けてくる。

レオンスは唇を離してすぐ堪《こら》えきれなくなって、くつくつと笑う。

「か、からかうのはやめてもらえませんか？」

「からかってなどいない。構っているんだ」

「そういうのは詭弁《きべん》っていうんですよ」

「おまえこそ、そうじゃないのか？」

「そんなっ」

「俺なりにおまえを尊重し、その上で愛したいと思っている。だが、ただ単におまえの言いなりになるつもりはない。善処してやると言ったのはそういうことだからな」

「っずるい」

「おまえも覚悟を決めろ。諦めて俺の愛し方を受け入れろ。そのつもりで返事をしたと思ったんだが？」

わざと傲慢な言い方をした。きっとアンリなら拒まない。むっとした顔をしつつも、真正面から受け止めてくる気概のあるやつだ。

「そのつもりですよ。だから、僕だって言いなりになるつもりはありませんから」

望んだ通りの言葉が、波を打つように返ってきて、レオンスは破顔した。

と同時に、レオンスの中ではもう心が決まりはじめていた。

きっと、こいつのことを夢中にさせて俺の正式な花嫁にする。候補者なんて他にはもう要《い》らない。

初めて、この先の未来に希望を抱いた瞬間だった。

「……じゃあ、そういうことだ」

レオンスは言ってアンリの腕を引く。よろめいたアンリが慌てたような声を上げるが、そのまま構わずベッドへと連行した。

「ちょっ」

「寝る」

「は？」

「色々疲れただろ」

ほら、とベッドに転がり、隣の場所を叩《たた》く。

すると、アンリはしばし考え込んだあと、覚悟を決めたようにそろりと入ってきた。

さっき威勢よく言い返した手前、尻込みをすれば負けだとでも思ったのかもしれない。そういうところがアンリの面白いところだ。

それからレオンスは肘をつくように身を横たえて、隣に寝そべったアンリを見下ろした。

警戒するように身を硬くしたアンリに、ほんの少しため息が出る。

ただ、もどかしい。いつか、警戒するよりもアンリの方からしてほしいと乞われるくらいの関係になれたらとレオンスは切望していた。

「さっき忠告をした。何もしない、とは言っていないからな」

「……わ、かってます」

「なら、こうしようか。おまえが降参を認めたら、俺は退散する」

きっとアンリならすぐには音《ね》を上げない。それをわかっていてレオンスは挑発したのだ。

「約束、ですからね?」

「ああ。だから……」

レオンスは言って、アンリの額にキスをした。それから目尻に、耳の側に。

ぴくりと反応するアンリが、身を硬くする。それを解《ほぐ》すように、レオンスはアンリの手を握ってシーツに縫い付け、身体を覆うように密着させた。

「……少しずつ、おまえに触れさせてくれ」

唇が触れた瞬間、まるで火花でも散ったみたいな衝撃が走った。それほどアンリのことを欲している証拠なのかもしれない。

戸惑いをにじませるように濡れた青い瞳を見下ろしつつ、そっと唇を重ね合わせる。やさしく触れるように、やがて甘噛みするように。

「……っ」

乱れた息遣いの合間に、濡れた舌を入り込ませた。びくりと波打つアンリの振動を受け止めるように体を押しつけ、さらに舌を深くまで絡ませていく。

「……んっ……ん」

吐息が漏れてくる。アンリの目尻にはまた光の粒が溢れていた。だが、それが拒絶のものではないことくらいレオンスにはわかった。

半身で触れ合うところに硬く張りつめている部分があることは伝わってくる。きっと指摘すれば、アンリの羞恥心を煽《あお》って暴れられてしまうかもしれない。だから、気付かないふりをしてたっぷり感じさせるように口づけを続ける。

やがて切なそうにアンリが声を漏らし、レオンスの手を握り返した。その拙い仕草にどきりとする。

抑えつけている欲望のトリガーに触れられた気がした。

レオンスは葛藤しつつその先へと動き出す。

片方の手をアンリの胸元へと這わせ、小さな粒が隆起しているのを布越しに感じとった。そこをきゅっと摘むように責める。

「……っ！」

かくん、と力が抜けるようにアンリが身動ぎする。

「おまえの、弱い部分が知りたい」

アンリの耳の側でレオンスは囁きながら、その感じる部分を指の腹で責め続けた。

「……あ、だめっ」

「なんだ。もう降参か？」

煽るように問うたつもりの言葉だが、その声音は甘い響きをもってアンリをその気にさせたらしかった。

「……ちが、……っ」

暑い、とレオンスは自分の着ているものを脱ぎ捨て、アンリのも脱がせようとする。若干の抵抗は恥じらいからくるもので、嫌ではないのだろうとわかる。それがますますレオンスを昂《たかぶ》らせた。

薄く色づく桃色のその粒は、布越しに弄《いじ》った側だけが赤く擦《こす》れている。それがまたひどく淫らに映る。すぐにもその誘惑的な果実に食らいつきたくなった。

「レオンス様……っ」

恥ずかしいから見ないでほしいと暴れはじめたアンリの手首を掴み、レオンスは魅入られるようにそこへ舌を下ろし、反対側を指でくすぐった。

「あ、あ、っ……」

濡れた舌先を絵筆のように縦横無尽に動かすと、跳ねるようにアンリが感じている。それと連動するように下の方でさらに硬く膨らむものが布越しにレオンスに触れた。

まるでそこも触ってほしいと無意識に向けられたアンリのわがままのように感じられてかわいいと思えた。

しかし、さすがにここに触れたら彼は怒るのかもしれないし、暴れるのかもしれない。じりじりとした駆け引きはあまり得意ではないが、アンリに拒まれるのはもっと好ましくない。

だったら、アンリの方から欲しがるくらい、愛撫で骨抜きにしてやるしかない。

そのとき、ふと、鎖骨のあたりに浮かび上がる痣のような模様を見つけ、そこにレオンスは視線を奪われた。

「手首だけじゃなく……ここにも刻印が？」

鎖骨の窪《くぼ》みのところへ唇で触れると、大げさなくらいにアンリが跳ねた。

「そ、いえば……一箇所、じゃないって」

「薬屋がそう言っていたのか？」

「は、い。でも、僕はまだ……確かめられてなくて」

息を荒くしたまま、アンリは返事をする。

「ふうん。うっすらとじゃあ気付かない。それと、自分じゃ確かめられないところにあるのかもしれないな。なら、俺が見つけてやる」

「あっ……」

「手首だけ色が濃い、次にうなじ……鎖骨だ」

「確か、七箇所……他、は……」

レオンスは唇で触れていき、見つけていく。

「脇腹にひとつ……これで四箇所」

「……っ……ん」

感じやすい筋を辿るように刻印されているのが面白いところだ。レオンスは脇腹の柔らかい肉を食《は》むように触れ、アンリの背の方へと回る。

「背中の中央の窪みにもひとつ……それから腰、臀部《でんぶ》に近いところだ」

そう言いながらレオンスは唇を寄せ、甘く噛みつく。

「……っ……あっ……だめ」

「……感じるか？」

「か、からかわ、ないで……」

「おまえが感じるたびに色が濃くなっている気がするから聞いたんだ」

「うぅ……」

耐えるように枕とシーツに指を食い込ませている。そんな健気なアンリがかわいくて、レオンスの方もくらくらしてくる。

「これで六箇所だ。あとひとつ……」

「レオンス様……」

アンリの息遣いが一段と荒くなった。それに気をとられ見落としていた中心が天を仰いでいる。その内腿の際に浮かぶものを見つけた。

「七箇所目……はここだ」

「待っ……」

アンリの愛らしい欲望が視認される距離。見つけた刻印にキスをすると、びくりとアンリが跳ねた。

手首、うなじ、鎖骨、脇腹、背中、腰、内腿――刻印は七箇所……。

全部に口づけを済ませると、

「レオンス様……」

何かを耐えるような顔でアンリが濡れた目を向けてきた。

「アンリ、今おまえが望んでいることを言え。俺はそれを叶えてやる」

やめてほしい、と言われるのであれば止《や》める。約束を違《たが》える気はないのだと告げようとした。

だが、アンリの口からこぼれてきた言葉は思いがけない内容だった。

「耐えきれない……です。どうしたら、いいか……わからなくなる。レオンス様は、こんな、きもち……だった、んですね」

「アンリ……」

「……っほし……」

その言葉を全部聞き終えるまで待つのはもう無理だった。

レオンスはアンリの唇を強引に奪い、舌を絡め合わせた。

それだけでびくびくと震えながら真っ赤な顔をするアンリが愛おしくて、夢中で牙を立てるようなことのないように、やさしくかき乱す。

一方で、そそり立つ屹立《きつりつ》を手におさめ、アンリが欲している望みを叶えようと動かしはじめた。

「ん、あ、んっ！」

申し訳なさそうな不甲斐《ふがい》なさそうな顔をする。それでも我慢できないと感じているだろうアンリに、レオンスの方も煽られてしまう。

「俺が、そういう顔を見たいと思ったからだ。もっと、おまえのそういう一面がほしい」

「あ、あっあ——！」

掌《てのひら》に熱い飛沫《しぶき》が噴きこぼれる。

アンリが涙をこぼしながら、痙攣《けいれん》するように身体をひくつかせた。

涙のあとを舐《な》めとるように唇を寄せる。自分の張りつめた欲望はそのままに、それでも今は保護欲の方が強く這い上がってくる。それがリミッターを外さないでいられる理由なのだろうか。よくわからない。

くったりしているアンリの身を引き寄せ、腕枕をする。甘えるようにひっついてきたアンリの額にキスをし、レオンスは支配欲以上の、充足した感情に酔いしれていた。

＊＊＊

気だるさに身を委ねていたが、目の裏が明るく染まっていくにつれ、アンリはゆっくりと覚醒した。

瞼を開いたそのとき、美しい黒豹の姿が視界に飛び込んできて、アンリはしばし魅入ってからハッとする。

「レオンス……様？」

レオンスは獣化していた。だが、黒豹の姿のまま動かない。

すうすうと寝息が聞こえてくる。

アンリは恐る恐る黒豹の毛並みに触れてみたり、肉球を触ってみたりした。

起きる気配がまったくない。

おかげでじっくりと黒豹の美しい毛並みやしなやかな四肢を観察することができた。改めて見ると、なんて気品のある獣なのだろうか。

（もふもふ……）

妙な気持ちになってしまい、この際堪能させてもらおうと頬ずりをしていると、しばらくして頭上から大きなため息が下りてきた。

灰褐色の瞳がジロリと睨み、それからアンリの頭に顔を擦りつけてきた。

「あっ……わっ！」

仕返しをされているのだろうか。されるがままになっていると、やがてゆっくりとレオンスは人型へと移ろっていく。

「おまえな」

「ご、ごめんなさい。つい……けど、大丈夫だったんですね？」

アンリがおずおずと尋ねると、レオンスは一瞬言葉に詰まったような顔をしたあと、やや不機嫌そうに言った。

「完全に大丈夫だったとは言えないがな」

「えっと……」

「覚えてないのか？」

「そ、んなことはありえません」

気を失うように達したあと、自分はどうしていたのだろうか。

そしてレオンスはなぜ黒豹になってそのまま側にいてくれたんだろうか。

「おまえの七つの刻印……それが、発情を誘発したのかもしれない、と考えていた」

「七つの刻印……」

「もう一度、確かめてみるか？」

「い、いえ！　結構です」

断片的に、レオンスに愛撫されたことが蘇ってきそうでアンリはかぶりを振った。

「ふうん」

「今は！」

「わかっている」

レオンスは小さく笑う。

「それにしてもよくわかりません。僕のこの刻印が正式な花嫁候補の証として、発情を誘発するのだとしたら……レオンス様が獣化してもおかしくないのでは？　矛盾するんですよね」

そこまで言って、アンリは呻った。

レオンスもそれについては考えがあるようだった。

「ひとつは、先日、おまえが俺に花の種を飲ませたことと関係あるんじゃないか？　どの程度、その効果があるのかはわからないが……」

ちょうどアンリが仮説を立てていた内容と一緒だ。

「はい。花の種をお互いに飲んだからリンク……えっと、結びつきが強くなったと解釈しているんですが、定期的に花の種を飲んだ方がいいっていうことなのかな……」

しかし確証がないものを実験するのは心もとない。そもそも花の種を飲ませたのは選択肢が出現したからなのだ。それ以外のところでは安易に信じるのは避けた方がいい気がする。

「もうひとつは、俺の気持ちの変化かもしれないと思った」

意外に冷静な見解をもらい、思わずアンリはレオンスを見つめた。

「気持ちの変化……」

「それはいうまでもなく、おまえに伝わっているはずだと思うが」

「……そ、それは、はい……」

昨晩あったことが断片的に蘇ってきて、アンリはじわじわと恥ずかしくなってきた。

「アンリ」

「は、はい」

「おまえが、王宮に来てくれてよかった」

レオンスの飾らない言葉とやさしい眼差しに、胸を撃ち抜かれたような衝撃が走った。

「あ、ありがとう、ございます」

そう言ってもらえるだけで、なんだか救われたような気持ちになる。なぜだろう。自分の存在を肯定してもらえるということはこんなにも嬉しいことだっただろうか。

笑顔を向けるレオンスのことを見つめ返し、アンリは焦がれるような想いが内に宿っていることを実感していた。

いつ消えるかもわからなかった自分の存在が、この世界にとって意味のあるものとして認められた……ようやくリンクして根付いたと捉えればいいのだろうか。

■6 絆を深めていく蜜月

アンリが王宮に来てから一ヶ月——。

いつの間にか薔薇の見頃が過ぎ去り、しばらくは曇天に覆われ、長い雨の日々が続いた。

やがて日ごとに気温は上昇していき、清々《すがすが》しい青空が広がるようになった。

(まあ、僕の場合は……二回目の異世界体験だから、ね。一年と数ヶ月はここに滞在しているんだけど)

ブルーノア王国にも四季がある。だが、元の世界の日本《にほん》のような湿度はあまりない。夏はとても乾燥して日差しが強い。元の世界でたとえるならフランスのパリのような気候といえるかもしれない。

最近は、暑さを避けるために、庭園のお茶会よりも室内の湯殿に水を張って沐浴《もくよく》をしながらレモンなどの果実酒やハーブティーをいただくことの方が多くなった。

ふと、この世界にすっかりなじんでいる自分に気付かされる。

最初は異世界の留学生みたいに右往左往しつつゲームの世界を攻略することをVR体験でもしているみたいに喜んでいた自分だが、二回目に自分を主人公にあてがわれたこの世界ではだんだんと客観視することはできなくなりつつあり、元の世界に戻ることを必要以上に焦がれるようなことが前より少なくなっていたのだ。

その理由となっているのは、主にレオンスの存在だ。

（まさか、こんな日が来るなんて想像もしていなかったな……）

あれから、アンリの傍《かたわ》らにはいつもレオンスの姿があった。レオンスは公務のとき以外、片時もアンリを離そうとしてくれない。

そのレオンスの行動理由についてはアンリも理解している。

どうやら七箇所の刻印には本当にフェロモンを誘発する仕掛けがあるらしい。アンリの発情の手助けをしてレオンスを欲情させることが実体験で明らかになった。つまりこれは、正しく花嫁候補となったアンリに付与された属性なのだろう。

しかし今のところ果たしてそれだけなのか断定はできない。そのせいか、レオンスは自分以外に奪われないように、まるで番《つがい》を守るような獣の行動をとっているのだ。戸惑いはあるけれど、レオンスから独占欲を向けられるのは悪くはなかった。

（独りの時間もたまには欲しいけどね……）

一緒に過ごすようになって、少しずつ情が芽生え、この頃は居心地のよさも感じている。本能と理性を試されるような縛られた制約を持つ二人だけれど、心の中に在るものは互いを大事にしたいと願う、純粋な想いで象られていると信じられるようになっていた。

レオンスが笑ってくれると嬉しくて、彼に触れられると鼓動が騒がしくなる。大事に抱きしめられると全身に甘い漣《さざなみ》が伝わるように愛しく感じられ、キスやそれ以上の行為への欲求を抱いてしまう。

そういった甘い感傷が日ごとに強まっていくのだ。

そして今日も――。

湯殿に二人で浸かりながら、レオンスに抱き寄せられて唇をそっと重ねた。

最初は戯れるように啄み合って、じゃれつくように抱きしめ合うだけだったが、熱を灯した恋人たちがそこで終われるはずはなく、だんだんとそれは甘美な熱へ変わっていく。

濃密な口づけへの変化と共に、レオンスの手がアンリの感じる部分を愛撫する。指が肌を伝い、胸の尖りを責められ、アンリはびくびくと震えた。

「ん……っ」

アンリは思わず唇を離してしまい、浅く息を吐く。ぬるい湯の中だとしてもこのまま触れ合っていたらふやけてしまいそうだ。

けれど、レオンスはやめようとしない。アンリの下半身で形をもたげた屹立を掌におさめた。近頃は遠慮というものがまるでない。すっかり彼の所有物になっている気がした。

「……あ、んんっ」

唇を噛もうとすると、レオンスがアンリの耳朶《じだ》を食み、艶のある低い声でそれを咎めた。

「……なんで我慢するんだ。おまえの声、もっと聞かせてくれ」

そういう甘い声の響きにすら肌が粟立《あわだ》つ。あまつさえ、レオンスの手にきゅっと力を込められ、ぞくぞくしながらアンリは仰け反った。

「や、ん、だ、めっ……」

そう言いながらも、レオンスのことを感じてしまう。アンリ自身もまた自分がレオンスに所有されることに悦《よろこ》びを抱くようになっていた。

「だめ？　その理由は？」

「だって、もし、また暴走したら……傷つくのは……レオンス様ですし」

「おまえが俺を受け入れてくれれば、症状は落ち着くんだと、もうわかっているだろ」

「そ、そうですが……」

確かにそうだった。レオンスは以前に、発情を抑えることで暴走に至らないように適度に発散していたと言っていた。しかし片思いに苛まれてからは遊ぶことをやめていたのだ。それが爆発したことで以前は暴走したのだろうという見解がある。

今はアンリがレオンスの正式な花嫁候補として受け皿になっているから、安定して暴走しないでいられるらしい。

「けど……なんていうか、僕の方だけ……あれこれ、されているというか、してもらっているというか」

おずおずと言い募ると、レオンスがふっと笑う。

「俺がしたいからしている。おまえのそういう顔が見たい。感じているおまえの顔がかわいいんだ。

たまらない気持ちになる」

そう言いながらレオンスはアンリの頬や目尻にキスをする。

「僕が、できることは……?」

「……何も。そのままでいてくれ。俺はされるよりもしたい方なんだ。覚えておけ」

「……っん、そ、んなっ」

「かわいい、その顔が見たい。おまえにもっと触れたい」

それから何度も唇を啄んできて、甘やかすように愛撫してくる。

そんなレオンスの内側にある想いを受け止めるにつれ、アンリは昂揚してしまう。

「あ、あっ……あん、レオンス、様っ」

たまらなくなって縋りつくように声を上げた。

知らずに鼻につくような甘い声になってしまっていた。こんなしおらしい自分は自分じゃないみたいで恥ずかしい。でも、もう隠していられる段階ではない。

今にも上り詰めそうになっているさなか、レオンスが切なそうにため息をついた。

そのとき、アンリはレオンスの変化に気付く。半分、獣化しつつあったのだ。

「……っおまえが、あんまりにもかわいい声で、俺を呼ぶからだ。触れるだけじゃ、そろそろ足りなくなってきたんだろうな」

他人事のようにレオンスは言い、自我を保とうとしている。彼の瞳の色が緋色に染まりそうになっているのがわかる。あれからコントロールできている彼の姿を見ているので恐怖はない。ただ苦しそうなレオンスのことが心配だった。

「レオンス、様……」

「大丈夫だ。暴走はしない……だから、怖がらないでくれ」

「……んっ」

しかし我慢をして抑えつければ、きっとそれは発情の妨げになってかえって暴走を手伝ってしまうことになる。

受け入れると伝えるべきか。その意味を考えると、どうしても消極的になってしまう。獣に喰われることの方がずっと怖いはずなのに。人は未知の経験の方を怖がるものなのだろうか。

そう、アンリは経験したことがない。それこそBLゲームをしたり本を読んだりして想像したことはあるけれど、誰かを迎え入れたことなんてないのだ。

葛藤に苛まれていると、レオンスの指がアンリの後孔に入ってくる。

中襞《ひだ》をゆっくりとかき乱されて、ちゃぷちゃぷと波打つように湯が揺れる。同時に屹立を掌で揉《も》み込まれ、腰ががくがくしてきた。

「あ、あっ……ぁっ！」

再び巡ってきた絶頂感に、目の前が明滅する。

レオンスはそのまま挿入する気でいるのだろうか。それでもいい奪われたい、とアンリは思ってしまっていた。熱に浮かされ、アンリはレオンスの名を呼んだ。もう好きにしていい、という気持ちで泣き縋るように。

けれど、今までと同じようにレオンスはアンリを最後まで奪おうとしない。正式な花嫁になってからなのだ、と彼は口癖のように言った。遊び人だったなんて信じられないくらいに彼はアンリに対して誠実だった。

「すまない。せめて……これだけは許せ」

レオンスがアンリの内腿に挟むようにして擦りつけてくる。肉棒同士が触れ合い、体験したことのない愉悦が生じた。

「あ、っ……ぁっ……！」

揺さぶる動きが激しくなる。

互いの肉体を打ち合いながら同じ頂きを目指してひとつになっていく。

「はっ……っ」

切なそうにレオンスが堪える声と、彼の昂りを感じて、アンリの中にざわりと大きな波が押し寄せてきた。

「あ、ぅ……イっ……く、んんっ！」

制御しきれなくなった身体が弓なりにしなった。最初に達したのはどちらだったのかもわからない。

アンリが絶頂の余韻に痙攣していると、背中に熱く迸ったものが流れていた。

息も絶え絶えに、縋りつくように湯船の縁に身を預けていると、アンリと同じように整わない息遣いのままレオンスが側にやってきた。

脱力した身体を抱き寄せられ、向かい合わせに見つめ合った。今、互いに興じていたことを思い出して、アンリの顔にかっと火がつく。

情欲に濡れたレオンスの目に捉えられ、彼の望む通りにアンリは顔を寄せた。レオンスの瞳はあの緋色の揺らめきから解放され、いつもの琥珀がかった灰褐色に輝いている。

あたたかく湿った唇の触れ合いと、ぬるくなった水の心地ちよさにゆらゆらと揺れる。余韻を宥《なだ》め合うように、レオンスは幾度もアンリの唇を愛した。

きっとレオンスは苦しかったはずなのに、無理に奪わないように配慮してくれたやさしさを想うと、胸の奥がぎゅっと詰まる。

怖いと思ったのは事実だ。けれど、受け入れても構わないという気持ちがあるのも本当だった。

「おまえが好きだ……アンリ」

噛みしめるように、そして切なげに吐露されたレオンスの想いに、アンリは息を呑んだ。

ちゃんと言葉にして好きだと言われたのは初めてだった。わかり合うことを優先してきて、言葉を紡ぐことを疎《おろそ》かにしていたことを反省する。

ドキドキと鼓動が高鳴るのを感じながら、アンリはレオンスを見つめ返す。ちゃんと自分からも伝えたいと思ったのだ。今、この胸の内を占める、ありのままの想いを。

「……僕も。レオンス様が、好きです」

素直にそして丁寧にアンリは想いを告げた。

すると、レオンスが嬉しそうに表情を緩ませる。

「大事にしたいんだ。おまえのことは……これからも」

だから待っている。無理はしなくていい。そんなふうにレオンスは囁く。

やさしく唇を触れ合わせて、それから見つめ合った。

「……はい」

不意に視界に映った自分の手首には刻印がはっきりと濃く色づいていた。

レオンスに愛されれば愛されるほどその花の模様は消せない痣として残される気がする。

そして自分の中にも消えない想いが刻まれていくのを感じていた。

彼のものであるという独占愛の証のように。

＊＊＊

肌を重ね合った翌日の朝、もふもふの毛並みに包まれてうっとりとして目覚める——のが最近の日課になりつつあったのだけれど、今朝は違った。隣を見るとレオンスの姿が消えていた。

(湯殿にでも行ったのかな?)

しかし彼なら一緒に連れていくくらいはする。ならば、特別な用事でもできたのだろうか。

アンリは気だるさを払うように寝返りを打った。

まだレオンスに口づけされたところに熱が籠っているようだ。愛された余韻に脱力しつつ、アンリはベッドから抜け出して窓から外を眺める。日はとうに昇り、まばゆい夏の日差しにくらくらした。

レオンスの部屋からは剣技場の方がよく見えるようになっている。そこでレオンスがジュストと一緒にいるのが見えた。

レオンスがいなくなっていた理由を目の当たりにし、脱帽する。

(そっか。朝稽古……この時間から鍛錬してるんだ。レオンス王子はタフすぎる……)

だからこその、あの均整のとれた筋肉質な体軀《たいく》を維持していられるのだろう。逞しい腕に囲われためくるめく夜のことをうっかり思い出してしまい、アンリは不埒《ふらち》な思考を払うようにかぶりを振る。

屈強な体軀を持つ二人が間合いをとり、鍔迫《つばぜ》り合いをしている。剣戟《けんげき》の音と共にその太刀筋が青空の下に光った。

王子の剣の腕が立つことは噂に聞いていた。剣の鍛錬というよりも、武術とか武芸といった方が似合うというか、まるで何かの舞のように美しい太刀筋だった。

(僕には真似できない芸当だな……)

尊敬の眼差しをしばし注ぎつつ、非力な自分が見習うのは無理なので、アンリはせめて寝起きのぼうっとした頭を働かせようと顔を洗うことにする。

しかしレオンスの姿勢に触発されたのか、なんだか自分も何かしなければならないような、いてもたってもいられない気持ちになってしまった。

(差し入れに何か持っていくっていうのはどうかな?)

朝食は食堂でとることが多いが、たまに厨房でいくつか軽食用に用意してもらったものを外で食べることもあるのだ。

思い立ったアンリは厨房に顔を出した。料理人がすぐに気付き、朗らかに声をかけてくる。

「おや。アンリ様、いかがなさいましたか」

「レオンス殿下とジュスト様のところに差し入れを持っていきたいのですが……朝食の準備の代わりに用意していただいても構いませんか?」

「そういうことなら構いませんよ。少しお待ちください。準備いたしますから」

「ありがとうございます」

少し待つと、レタスとハム、チーズを挟んだサンドイッチとジャムとクリームを挟んだビスケット、それから冷たいレモネードを用意してくれた。

メイドが給仕の際に使用する移動式のティートローリーというワゴンを外の剣技場にまで押していくわけにはいかないので、大きめの籐の籠に詰めてもらい、それを腕にぶら下げ持っていくことにする。

それからアンリは宮殿の一階、庭から続く剣技場へと向かうのだった。

剣技場は円形に囲われた球戯場の一角にあった。元の世界の目線で説明すると、規模は大きな野球スタジアムや陸上競技場のような感じだ。もちろん人工芝生だとかトラックなどというものはない。歴史的に有名なかのコロッセウムのような外観をしている、吹きさらしの何もない場所だ。時折、四方から流れてくる風により土埃《つちぼこり》が舞い、目の中に砂が飛び込んでくる。

ここでは騎士が日々鍛錬を重ねており、剣技大会なども行われるらしい。ときには国の公式行事の際、観客席が整備され、御前試合や剣舞が披露される場でもあるという。ゲームをプレイしたときにジュストのルートではこの場面を見たことはあった。

アンリがここを訪れるのは初めてだった。

（実際、こんな感じなんだな……）

剣の稽古といっても真剣で行うわけではない。木の刀を使う。しかしレオンスとジュストは本気で相手を倒さんと打ち合っている。その気迫にアンリは圧倒されていた。

ひょっこりとアンリが二人のところに顔を出すと、すぐに彼らは気付いて、こちらにやってきてくれた。ちょうど休憩を入れようと思っていたところだという。

「それでは私はしばし待機させていただきますね」

「あ、待ってください。ジュスト様の分も持ってきているんです」

「せっかくですが、主と共に食事の席につくことはいたしかねます。私はこのあと交代の者がきたら宿舎で朝食をとることになっておりますので、どうぞ私のことは構わないでください。お気持ちだけで充分ですよ」

「ジュスト、せっかくわざわざ出向いてくれた魔術師様からの祝福を受け取っておけ」

レオンスがそう言うと、ジュストはやや困った顔をしたあと、確かに失礼しました、と畏《かしこ》まった姿勢をとった。

「騎士として礼節を欠いたことをお詫《わ》びいたします。お言葉に甘えてありがたく頂戴いたしますね」

「そんなお詫びだなんて。こちらこそお世話になってばかりですし……こんなことしか役に立てず申し訳ないです」

かえって押しつけがましかっただろうか、と反省をしつつアンリは肩を竦めた。

「いいえ。あなたがいてくださることで、レオンス殿下が以前の明るさを取り戻されたわけですから」

見守るような微笑みを向けられ、アンリは気恥ずかしくなる。

「いつまでそうやっているんだ。おまたちは」

レオンスが呆れたような顔をしていた。

ちょうど護衛交代の時間が来たらしく、ジュストはやってきた担当の騎士に事情を説明し、レオンスとアンリに挨拶をして下がっていった。

それからアンリはレオンスと共にしばし剣技場の階段のところに腰を下ろし、朝食を一緒にいただくことにする。サンドイッチがのっていた皿はあっという間に空になり、アンリは残った甘いビスケットを頬張った。

食事を済ませたら王宮の中に戻るのかとおもいきや、先に立ち上がったレオンスがアンリに手を差し出してくる。

「腹ごなしに、おまえとも手合わせしてやる」

「え、ええ……僕は、いいですよ。遠慮します……」

思いきり嫌そうな表情を浮かべると、レオンスは笑った。

「そう言うな。引きこもってばかりだと体力が落ちるだろ」

「そ、その心配は……要らない気が……」

毎日のようにレオンスに触れられていることを思い浮かべながら、アンリは言い訳をしてしまう。

「……それとこれとは別だろう」

レオンスまで顔を赤くしてしまった。

伝染するようにアンリまでますます身体が熱くなる。墓穴を掘ってしまったらしい。

なんとか話題を元に戻そうと、アンリは慌てて口を開いた。

「ぼ、僕は一応、魔術師見習いなので、体力がないのは当たり前というか」

我ながら見苦しい言い訳かもしれなかった。レオンスが呆れた目を向けてくる。

だが実際、元の世界にいたときなんて幼少の頃から体育は苦手だったし、運動なんてせいぜいバイトか買い物に出るくらいだった。

この世界に来たあとも大して変わらない。細腕で筋肉なんてものもあまりついていない。見た目を変えられたことはあったが、設定上、体型や筋力についてはいじる必要はないと世界が判断したんだろう。それなのに、拒否権は得られないなんて理不尽ではないだろうか。

じりじり後退しようとするアンリの腕はがっしりとした男の手に掴まれてしまう。

「いいから気晴らしに付き合え」

陰キャが陽キャの脳筋に巻き込まれる災難とは正しくこのこと。

「気晴らしなら僕は他のことを！　たとえば……ゲームがしたいんですが！」

ボードゲームあるいはカードゲームくらいはこの世界にだってあるはずだ。

「チェスならあとで付き合う」

そう一蹴され、結局、木刀を振り回すことになったのだった。

小一時間は身体を動かした気がする。どんどん陽が高くなるにつれ、汗の量が増えていく。必死に振り回してふらふらになっている姿は、ひょっとしたら下手なダンスを踊るよりも不格好だったかもしれない。

「――参りました」

アンリが降参を告げると、レオンスは困った顔をした。

「まだ勝負はついていなかったんだが。まあ、ここまでにしておくか」

やっと解放してもらえた。はぁはぁと息が切れる。その場に座り込み、呼吸を整えるので精一杯になる。目がちかちかしてきたし、さすがにもう限界を超えている。

ほら、と手を差し出されてアンリはその手を握った。立ち上がるのも一苦労だった。

「抱えて連れていこうか」

「い、いいです。歩くことは……できます。今日の夜或いは明日、筋肉痛になっていそうですが……」

レオンスが手加減してくれているのだろうということはわかった。

王子は守られる存在であることの方が多い。けれど、彼の立場からすれば王を護《まも》る側でもあるのだ。その強い意識が彼の内側には根付いている。その姿勢が垣間見《かいまみ》えただけでも手合わせできてよかったとアンリは思う。レオンスのことを改めて近くに感じられた気がした。

「おまえなら俺がやめようと言っても、必死に食らいついてくると思ったんだけどな」

失望の意味ではなく、意外という意味だったらしい。

「それは……レオンス様には降参したくなってしまうというか、なんというか……」

「へぇ」

挑発的な視線とその艶っぽい声にどきりとする。

「べ、別に変な意味はありませんから！　戦う相手でいるよりも、さっきジュスト様と鍛錬していたのをもっと見ていたかったというか、その綺麗《きれい》な太刀筋に見惚れていたというか……」

意表を突かれたようなレオンスの表情に、アンリはしまった、と思う。微かにレオンスの顔にも赤みが差し込んでいた。

「俺は何も言っていないんだが」

再び墓穴を掘った自分が恥ずかしい。まるでレオンスに惚れ込んでいることをアピールしたみたいになってしまった。必要以上に誤魔化すことはもうやめた方がよさそうだ。

「……で、でも、なんか朝練がすっきりするのはわかった気がします」

ふっとレオンスが笑う。

「なら、次は、もっとうまく馬を乗りこなせるようになってみるか？」

「難題がまた……」

レオンスが言うのはただ馬に乗るのではなく馬術ということだろう。そんな高度なテクニックを習おうとすれば、今のこの状態からいくと、振り落とされて死ぬ未来しか見えない。

「できることは多い方がいい。おまえの選択肢が広がることに繋がるだろうからな」

そういうレオンスの瞳には青々とした空が映っている。そこには先を見通すような広い視野を感じられた。最初に出逢《であ》った頃と比べると、彼は本当に変わった。

「確かに……それは思います。魔術師見習いの能力なんて微々たるものですから」

ふと、アンリは足元に見つけた萎《しお》れた花にそっと手をかざした。陽の光に紛れた淡い光の泡に包まれたその花弁がふんわりと持ち直した。

「こういうちょっとしたサポート係にしかなりません」

「俺は、そういうの、おまえらしくていいと思うが」

レオンスは花びらにそっと指先を這わせながら、ふっと微笑んだ。

「そうでしょうか。王室にとってなんの役にも立ちませんよ」

「周りの言うことなんざ気にしなくていい。なによりおまえには俺の花嫁になる資格があるわけだ。王室にとっても俺を側で支えてくれる存在がいることの方が重要だろう」

レオンスに褒められると、こそばゆい気持ちになる。その傍ら、王室にどう言われようと、レオンスにそう思われていたいと願う自分がいることに気付かされる。

花からレオンスの方へと顔を上げると、ちょうど視線が交わり、ドキリとした。

そういえば、とレオンスが思い出したかのように言った。

「鍛錬と乗馬の練習もいいが、もうひとつ、おまえに言っておくことがあった」

「なんですか？」

「近く、戴冠式が執り行われることになった」

国王が長く伏していることは知っている。アンリはこの世界に来てから一度も会ったことはない。実質、国王の側近およびマティアスが国王代理として政務を行ってきているのだと聞いている。

「では、マティアス殿下が……」

獣憑きの呪いの件から世継ぎの王子たちは花嫁を迎えることに消極的だと、王室の重鎮たちは憂いていたようだが、今はマティアスの側にはシアンがいる。もう憂いはないと判断されたのだろう。

「ああ。名実共に新しい国王となるわけだ。めでたいな。ブルーノア王国の新たな歴史の幕開けだ」

嬉しそうに語るレオンスは何か眩《まぶ》しいものを見るように目を細めた。彼は兄のことを改めて誇らしいと感じているようだ。そんなレオンスのことを思うと、アンリも感化されてジンと胸に迫りくるものがあった。

「戴冠式のあとには結婚式をするらしい。我が国はしばらく明るい話題が続きそうだ」

そういうレオンスの表情には安堵の色が見える。シアンのことが思い浮かんだが、彼の中に未練はもうないのだというのが伝わってきて、アンリはほっと胸を撫でおろした。

むしろアンリの方がうっかり嫉妬してしまったことに気付き、自分の心境の変化に驚かされていた。

「なんて顔してるんだ。もう過去のことだって、おまえが一番わかっているだろう」

レオンスに指摘され、アンリは我に返った。どうやら見透かされてしまったらしい。

「……わかっています。疑っているというわけじゃないですよ。これは、ただの、……やきもち、です」

はっきり言ってしまえば楽になるのに、蚊の鳴くような声になってしまった。

「ん？」

「な、なんでもありません……つまり、公式の行事に慣れるように、練習をしなければならない、ですよね」

「ああ、そういうことだ。おまえは俺のパートナーとして出席してもらわなければならない。ダンスは踊れるのか?」

「自信は……ないです」

「じゃあ、明日から特訓が増えるな」

挑発的なレオンスの眼差しの奥には、彼の本気が透けて見える。手加減はしてくれても安易に手を抜くことはしないだろう。

「うっ」

アンリの顔から血の気が引いた。

このままでは戴冠式や結婚式を見届ける前に、身体がボロボロになって動けなくなると本気で心配するアンリだった。

■7　花嫁になる覚悟

それからさらに一ヶ月が経過し——夏の暑さが少しずつ和らぐ頃。

大聖堂の間にて、新国王の戴冠式が執り行われることとなった。

純白の軍服に身を包んだマティアスは、王笏《おうしゃく》、宝珠、ローブ、最後に王冠を授けられ、堂々たる姿で皆の前に立った。正式な王位継承者として、このほど彼はブルーノア王国の新国王となったのだ。

粛々と執り行われた戴冠の儀には、アンリもレオンスと共に出席していた。

レオンスもまた王家の正装である漆黒の軍服に身を包み、新国王となった兄の堂々とした姿をしっかりと目に焼き付けているようだった。

そんな麗しいレオンスの姿の方に目を奪われてしまっていたことが知られたら、周囲から無礼だと言われかねないので内緒だ。どうしたって今のアンリの心を占めているのはただひとりレオンス以外にいないのだから許してほしい……と、心の中で密かに懺悔《ざんげ》する。

戴冠式が滞りなく終わると、すぐに皆は結婚式の場へと移っていった。見守る周りの者たちの雰囲気もさっきより浮ついたものになっていく。

かつて王室がどれほど王子たちに結婚を急いても花嫁候補を退けてきたという事情があるだけに、どんなに今日の婚儀が待ち望まれていたかということがよくわかる。

袖で待機していたシアンは国王陛下の花嫁にふさわしい上質な純白の衣装に身を包んでいた。形式的には『花嫁』だが、同性婚なのでドレス姿ではなく、新郎が身にまとうタキシードに似た衣装だ。

しかし王宮御用達《ごようたし》の腕利きの仕立屋に発注したその衣装は豪奢でありながらも清廉で美しく、長いヴェールに包まれた彼は、まるで神話の女神のように神々しい。

新国王マティアスが花嫁へと向ける眼差しは深い愛情に満ちていて、誰も異を唱える者などはいなかった。

祭壇の前で美しい衣に身を包んだ二人が並ぶと、まるで楽園に舞う妖精のようだ、とあたりからは感嘆のため息がこぼれた。

前回、謎の魔術師として二人のハッピーエンドを見守ってきたアンリもまた感慨深いような気持ちでシアンのことを見つめていた。

(元・悪役令息と推しのハッピーエンドか……)

マティアスと婚姻の儀を交わした直後のシアンは本当に幸せそうに顔を綻ばせた。

(いつか僕も……レオンス様とあんなふうになれる日が来るんだろうか……?)

大聖堂の扉が開かれると、白い鳥が空へと放たれた。

鐘が鳴らされ、国中に吉報が届けられる。マティアスが新国王となり、そして国王夫婦が誕生した瞬間だった。

不意にレオンスの方を振り向くと、ばっちりと目が合ってアンリはドキリとした。

考えていることがお見通しだったのか或いは同じだったのか。レオンスが穏やかな表情を浮かべ、アンリを側に抱き寄せる。

「……えっ、ちょっ……」

「拒む必要は?」

「あ、ありませんけれど……」

相変わらず強引な人だ、とアンリが目で訴えると、レオンスは顔を近づけてこようとする。

「それ以上はダメですったら」

そんな二人に注目せよ、といわんばかりに花嫁のシアンの手から放たれたブーケが空を仰ぎ、狙ったようにアンリの元へと落ちてこようとしていた。

「わっ……えっ、僕っ……!?」

あわあわしながら、花びらが散らないようにとっさに魔法をかけると、ふわりとアンリの腕の中にブーケがおさまった。

その瞬間、爽やかな香りがふわりと匂い立つ。青いアイリスの花の中に小花があしらわれた清廉なブーケには幸福の光がきらきらと輝いて見える。持ち主の想いがそこには残されているように感じられた。

(幸福のおすそわけ、か)

レオンスと思わず顔を見合わせてから、マティアスとシアンの方を見た。

「なんか……あの日の食堂のことを思い出したら、ちょっとだけ申し訳ない気持ちになりました」

「奇遇だな。俺も同じことを思い出していた」

二人して苦い思いを共有しつつ笑い合う。

それからアンリはレオンスを見つめた。すると、レオンスもまたやさしく見つめ返してくれる。

もうあの頃の未練は彼の中には見当たらない。過去のこととして決着がついているのだろう。ただ、アンリに向ける情熱だけが滔々《とうとう》と灯されているのを感じとれる。

（それはそれで心臓に悪いというか、落ち着かないというか……）

「このあとは舞踏会だ。日ごと特訓していたレッスンの成果が試されるわけだな」

からかうようにレオンスが言う。彼の言いたいことはわかる。特訓というよりも遊ばれていただけのような散々な状況が思い浮かんだ。

アンリは未だに自信がない。

「な、なんとか逃れるわけには……いかないでしょうか」

ずいぶんレッスンをしたものの、やはりアンリにはセンスがないことを思い知らされた。ゲームは得意なので画面越しにリズムゲームやダンスゲームをやる分には問題なかった。けれど、社交ダンスなんてしたことがなかったし、そもそも機会がなければ練習する必要だってなかったのだ。

「それは無理だ。諦めろ。これから先も必要になってくることだ。場数をこなしておけばおまえのためになる」

はっきりとレオンスに言われてしまいアンリは肩を落とす。けれど、これから先も必要とされていることに胸が熱くなる。我ながら単純な人間だ。

その一方、元の世界のことが脳裏をよぎる。この世界になじんでいくにつれ、完全に思い出すことがなくなるのだろうか。

故郷を想えば、一抹の寂しさを感じることは以前にもあったが、ここ最近アンリは前向きに、元の世界に戻るのを諦めることを意識するようになっていた。

この世界に飛ばされてきたとき、この世界に召喚されたと思い込んでいたのはアンリだけかもしれない。シアンのように転生してきた可能性の方が高い気がする。その場合は死んで生まれ変わってきたわけだから、元の世界に戻りたくても戻ることができない。

だからこそ前回、謎の魔術師のミッションが終わっても元の世界に戻れなかったのではないだろうか。ただ、あのまま消えるわけじゃなくて秘密ルートに導いてもらい、二度目のやり直しをさせてもらえたことだけは感謝をしなくてはならない。

この先もずっと一緒にいたいと、こんなに心を動かされる存在に出逢えたから――。

(もちろん、レオンス様の気持ちが変わらなければ……だけど)

もし、レオンスがこの先もアンリと生涯を共にしたいという想いを持っていてくれたなら、そのときは――覚悟を決めようと思っている。

自分の中で整理をした想いに向き合っていたら、無意識にぐっと拳《こぶし》に力が入った。

「アンリ」

「は、はい」

急に強く呼びかけられ、アンリは慌ててレオンスの側に行く。

「もっと、こっちに来い」

レオンスがアンリを誘導し、人気《ひとけ》のない階段の下へと誘った。彼の意図することが見えない。

「……どうしたんですか？」

「実は、俺も魔法を覚えたんだ」

「えっ？」

まさかの発言にアンリは目を丸くする。そんな話は聞いていない。

「なんの魔法ですか？」

「おまえが、緊張せずに舞踏会に参加できるようにする魔法だ」

自分でそう言ってから釈然としない顔をするレオンスに、アンリはただきょとんとするばかり。

いったい、これから何が起きようとしているのだろうか。レオンスが何をしようとしているのか、アンリには皆目見当がつかない。

しばし見つめ合って沈黙した。

「ん？」

「いや、悪い。こういうのはうまくやれない。おまえが武術を得意じゃないと言ったのと同じだ」

レオンスは自分の首に手をやりつつ頬を赤らめてきまりわるそうにしている。それから仕切り直しだと、アンリの手を引いた。

「いいか？　俺は今から……おまえを幸せにする魔法をかける」

そう言うやいなや彼はそのまま跪く。

「俺と結婚してくれ。アンリ」

青い宝石を添えた指輪が差し出され、アンリは目を丸くした。

魔法がどうと言い出したから何が起きるのかと狼狽えてしまったが、ようやくそこでレオンスがしたかったことを理解した。

「じゃあ、魔法、というのは……」

本当の魔法の意味ではなく、喩《たと》えだったらしい、と気付いた。

さっきのレオンスは緊張していたのかもしれない。しかしまさかこの場でプロポーズされるなんて思ってもみなかった。

アンリは言葉を失ったままレオンスを見つめる。

一方、真剣な表情をしたまま、レオンスは黙ってアンリからの返事を待っている。彼はもうそこから動く気はなさそうだ。

「ど、どうしよう……こういうときって、なんて返事をすれば」

混乱に混乱を極めたアンリはおろおろしてしまい最適解を導き出せない。

回りくどいのが苦手なレオンスはとうとうじれったそうにしたあと、性に合わないと立ち上がってしまった。

「おまえは思うままに素直に返事をすればいい。だが……ここにきてダメだなんて絶対に言わせない」

レオンスがもどかしそうに迫ってくる。彼の言っていることは矛盾していた。それはもはや強制というのではないだろうか。攻略対象に強制イベントを持ちかけられるとは。

「レオンス様こそ本当にこんな僕でいいんですか？　僕はまだあなたの呪いを解いてもいないのに、幸せになる魔法をもらうなんて、魔術師失格じゃないですか」

「魔術師？　それはいつの話だ。魔術師見習いとして王宮に召し抱えられたおまえは、この国の第二王子である俺の正式な花嫁候補にジョブチェンジしたんじゃなかったのか？　おれはもうおまえのことをそういう目でしか見ていない。それとも、おまえは遊んでいただけか？」

「まさか。そんなつもりはありませんよ」

即座に否定すると、レオンスはその眼差しにあたたかな色を灯した。

「俺にかけられた呪いならとっくに解けている。誰かを真剣に愛する気持ちを持てたのは、おまえのおかげだ。アンリ……おまえはただ、俺の気持ちを受け止め、頷いてくれたらいいんだ」

肯定以外は受け付けない、と傲慢な願いを向ける灰褐色の瞳の中には、アンリに向けた頼もしい愛情が浮かんでいる。そこには……きっとこの先レオンスと共にいたら幸せになれる。そう背中を押してくれる強い光を感じた。

胸の内側の鼓動が、早鐘を打っていく。今こそ運命を動かすときだと知らしめるように。

「……レオンス様」

何かを言わなくてはいけないと焦るだけで、言葉にしようと思うと涙が浮かんで胸がギュッと詰まる。

「この先もずっと、おまえには側にいてほしい。俺にはおまえが必要だ。おまえにとっても俺が必要だと言ってもらえるように、大事にすると誓う」

プロポーズのそれはもはや誓いの言葉を含めているようだった。

胸にジンとした甘い感傷が広がっていくのと共に、レオンスへの愛おしさが募っていくのを感じる。もう返事をせずにはいられない、とアンリはこみ上げる衝動を感じた。

「はい。あなたの側にずっといさせてください。僕にもレオンス様が必要です。誰より……お慕いしています」

瞳に光の膜が張る。一筋の光の粒が頬を滑り落ちていくとき、アンリはレオンスに同じ思いを返した。

レオンスがアンリの手をとって婚約の証である指輪を左手に塡《は》める。青い光がまばゆいくらいに輝くのが見えたその瞬間レオンスに抱きしめられ、アンリは彼の背に腕をまわした。

愛しい人の温もりに身を埋めながら、自分もまた彼を幸せにする魔法をかけ続けようと、心に誓うのだった。

＊＊＊

プロポーズのあと、ぎこちないながらもなんとか舞踏会をやり過ごし、それから二人は大広間から中座すると、レオンスの部屋で過ごした。

そのあとのことは……いつもの通りだ。

肌を重ね合って夜を明かした。その気だるい余韻から抜け出すように寝返りを打って、アンリはうっすらと目を開いた。

常にレオンスが側にいることが当たり前のように感じ、そのことに安堵を覚えるようになってきた、いつもの朝――。

やたら視界がちかちかとまばゆい気がして眉根を寄せた。カーテンの間からちょうど直射日光が当たっているという感じではない。視界がうっすらとぼやけているのだ。それは、手で目を擦ってみても変わらない。

疲れて目が霞《かす》んでいるのだろうか。とりあえず顔を洗って身支度を整えようかと上体を起こしたとき、アンリはさらなる異変に気付く。

「えっ……」

自分の両手が透けていた。左手の指輪だけがはっきりとその輪郭を保ったまま、絨毯の模様が掌の下にしっかりと見えているのだ。慌てて自分の身体を確認してみると、やはり輪郭がぼんやりして見えていた。それに、手首の刻印も薄くなっている気がする。

アンリはハッとして慌てて鏡の前に行った。目がおかしいのではない。自分自身が消えかけている。その証拠に、身につけている衣類や指輪だけがはっきりと境目があるのだから。

怖くなったアンリはベッドで横たわっている黒豹のままのレオンスの身体を揺すぶった。

「レオンス様！　レオンス様！」

「……ん、なんだ。どうした……」

意識が覚醒すると共に黒豹から人の姿へと移ろっていく。全裸のままのレオンスを気にかける余裕は今のアンリにはなかった。

「僕のことを見てください。今すぐ」

「はぁ？」

怪訝《けげん》な表情を浮かべたのち、レオンスがアンリの方を見る。焦点が合って少ししてから、レオンスが眉根を寄せた。

「……どういう、状態だ。それは……」

「ひょっとして僕はここでお役御免ということでしょうか？」

だんだんと震えはじめてしまう。

「バカなこと言うな」

しかし、ありえないことではないのだ。ここがどんな世界か知っているアンリにはわかる。

「今のレオンス様なら、僕がいなくても幸せになれると……この世界が判断した、とか」

「おまえが存在しない世界なんてありえない」

引きとめるようにレオンスがアンリの手を摑む。その手の温もりを感じとることができたことにアンリはほっとした。とりあえず透けているだけで触れることはできるみたいだ。

すると、透けて見えていた身体がゆっくりと輪郭を取り戻していく。それを見て、アンリは弾かれたようにレオンスと顔を見合わせた。

「どういうことなんだ」

レオンスが不可解だと言いたげに考え込んでしまっている。

この透けている状態は何かに似ていた。どこで見たかといえば、いつも突然ふっと現れるあの透明のアクリルボックスの選択肢だ。

(選択肢……？)

しかしそれがどう関係あるのか結びつくものが見えない。

「このまま放置したら、おまえは消えるかもしれない……ということか？」

「わ、わかりません。僕も初めて見た現象なので……」

「俺が触れたことでおまえが形を取り戻したということは……」

その先に答えが見つからないのはレオンスも同じだったようで、黙り込んでしまう。

「こういった不可解なことが起こった場合は、薬屋に行って助言をもらった方がいいかもしれません」

あの見透かしたような眼鏡の奥の細い目と、達観したような表情を思い浮かべ、アンリはため息をつく。気が進まないけれど、助言をもらうべき存在があの男しかいないのも確かだった。

「すぐに出かける支度を」

レオンスが側にあった衣類を手にとろうとしたところで、アンリは慌てて彼を引きとめた。

「待ってください。今日は確か、大事な政務があるのでは？　王室の新体制の大事な内部会議があると、おっしゃっていたような」

ちっとレオンスが舌打ちをする。

「こういうときに限って……」

前までのレオンスならきっと政務よりも自分のことを優先してくれたのかもしれない。けれど、今の苦渋の表情を見れば、彼がどれほど王室のことを重んじているか伝わってくる。そういう彼の前向きな姿勢に水を差したくない。

「大丈夫です。レオンス様の特訓のおかげで以前よりも速く馬を駆れるようになりましたし、僕のなけなしの魔法をかければ、さらにもうちょっと速くなるかもしれません」

「しかし……」

「何かあれば、薬屋から鳥を飛ばしてもらいます。確か、マティアス様にだったら通じているはずですから」

「……兄上にはその旨を伝えておく。会議が終わり次第、俺もおまえを追いかける。必ずだ」

「そう言っていただけるだけで心強いです」

安心させるように笑顔を向けると、次の瞬間にはレオンスの腕に抱きしめられていた。

「いいか？　おまえのいない世界なんて要らない。俺には絶対におまえが必要だ」

レオンスはそう言い切ってからアンリを放した。

「……レオンス様」

「本気で俺はそう思っている。だから、勝手に消えたりするな。もし迷うことが起きたとしても、今の言葉を思い出せ。いいな？」

「……っはい」

泣きたくなるのを抑え込んで頷くと、レオンスはやさしく微笑んで、アンリの額や頬に唇を寄せ、最後に唇にキスを落とした。

「おまえは、生涯ただひとり、俺だけの花嫁なんだ……忘れるなよ」

レオンスが贈ってくれたその言葉をアンリは新たに胸に刻みつけ、頷き返す。

この想いが、この絆が、世界から消えてしまわないように。

それからすぐにアンリは、厩から馬を借りて出立した。借りた馬は、レオンスの愛馬シュクルの仔《こ》馬らしい。ひとまわり小柄な体軀をしているので、華奢《きゃしゃ》なアンリには乗りこなしやすくて助かった。

王宮から薬屋に向かって移動する間にも選択肢が出てこないだろうかと念のためアンリは空《くう》を睨んでいたが、こういうときに限って何も起こらない。

(自力で事を起こせっていうことかな)

時間が経過するにつれ、気持ちは焦っていく。

レオンスから離れてからアンリの身体はまた透けていくようになった。このまま光の粒子となって風に吹かれたら消えていきそうな危うさを感じるのだ。

とにかく今は先を急がなければならない。

＊＊＊

王室の新体制における会議は滞りなく進んでいた。

アンリを見送ったあと、しばらくは余計なことを考えずに集中しようとしていたレオンスだが、不意に柱の時計に目がいってしまった。

アンリは今頃、まだ道中だろう。普通に行けば半日、急げばそれ以下だが、魔法の力というのを使ってもそこからどれほど短縮できるかはわからない。

とはいえ、今のレオンスにアンリのために何かできることがあるかと言われれば、皆目見当がつかない。とにかくアンリが薬屋に無事に到着し、そこで何かしら解決の糸口が見えることを願うしかないのだ。

一旦、その件を頭の隅に押しやって、再び会議に集中しようとした矢先のことだった。

「――次の議題ですが、レオンス殿下の花嫁候補の件について。私から推薦したい御方がいるのですが、よろしいでしょうか」

妙な議題を提案され、レオンスは会議に参加していた元老院の連中を見渡した。

（……何を言っている？）

重臣らが各々頷き合っているのを見て、レオンスは眉を顰《ひそ》めた。

「待て。推薦とはなんだ。俺にはアンリしか考えられない。その話は通っているはずだが」

レオンスはそう言い募り、中央に座しているマティアスの方を一瞥した。マティアスも困惑している様子だ。事前に許可を得ていないことは明らかだった。

「……アンリ、様ですか？」

会議の間がざわつく。大臣らが顔を見合わせて戸惑いの声を上げる。

（まさか――）

レオンスの中にある仮説が立ってしまった。

即座に、消えかけていた儚《はかな》げなアンリのことが思い浮かぶ。

消える……その言葉通りに、アンリの姿が見えなくなるだけではなく、この世界からいなくなるということが想像できてしまった。

「っ……会議の最中にすまない。火急の用事ができた。俺はこれにて失礼させてもらおう」

レオンスが席を立って即座に出ていこうとすると、強い声で呼び止められた。

「お待ちください。レオンス殿下！　新国王陛下の時代になったからには、これまでのように勝手な真似はお控えいただきたく存じます」

その一声を受け、他の者からも非難の声は続いた。

「そうですよ。我が国はマティアス陛下の代となり、また、シアン様は御子を身ごもっております。この先、若き王子の見本となるべく、そして陛下の右腕としてレオンス様には相応の地位を固めていただかなければ我々も困るのです」

「その将来のためにも必要な、俺にとって命に代えても大事な用事があるんだ。そこをどけ」

「どうかお控えください。これ以上の大事なこととはなんだというのですか」

臣下らが出口の扉を通させまいと道を塞ぐ。レオンスの武術の腕がどれほどのものかわかっている彼らは束になってそこに押しかけた。これではさすがのレオンスも彼らを傷つけずに突破することは難しい。

側に控えていたジュストをはじめ近衛騎士が対峙すべく動こうとしたそのとき。

「いい、構わぬ」

マティアスの一声で、その場がシンと静まり返った。

「ですが、陛下——」

「私はレオンスを信じている。これから先の我々の未来に関わることやもしれない。行け、レオンス」

マティアスが命じると、大臣らは渋々と道を開けた。ジュストが後を追わせないように彼らを押しとどめる。そんなジュストとも目が合った。

「兄上……恩に着る」

せめて兄たちがアンリの存在を忘れていないことを願いながら、レオンスは先を急いだ。

＊＊＊

下手したら半日かかるところを所用時間半分くらいだろうか。途中で馬に水を飲ませたが、それ以外は休むことなく飛ばし、どうにかその日の午後には薬屋に到着した。

アンリは手早く馬を繋ぐと、勢いよく薬屋の玄関のドアを開いた。

乱暴に開けたせいか、カランというドアベルがいつもより大きく鳴り響く。その音を聞きつけ、すぐにも店主が奥から出てくるかとおもいきや出てこない。

「店主、いないのか？」

少し待っても現れないので気が急いたアンリは勝手に店の奥に進もうとした。

すると、知らない男が剣を携えて出てきた。その後ろに店主の姿が見えてくる。

「おや」

と店主の声がようやく届く。

どうやら来客があったようだ。おそらくジョブチェンジに来ていたらしい。その剣を携えて出てきた男はアンリに気付かずに素通りしていってしまう。そればかりか身体の半分をすり抜けていった。

アンリは息を吐く。直接ぶつかるような感覚がないだけ、居心地が悪くてざわざわしてしまう。

店主が異変を察したらしく眉根を寄せた。それをアンリは見逃さなかった。

「聞きたい話があるんだ」

「いつからそのような状態に？」

詳細を伝えるまでもなく、店主が険しい表情を浮かべてすぐに尋ねてきた。

「今日の朝からだ。目が覚めたらこんな感じになっていたんだ」

「前回こちらへおいでになってから昨晩までの間に特別変わったことをしましたか？」

「特別変わったことって言われると……」

アンリは考えを巡らせてみる。だが、自分の身の回りに起きることは、すべて特別なことのように思えてきて困る。

「質問を変えます」

店主は急かすようにまた尋ねてきた。

「お相手に花の種を飲ませたあと、しっかりと絆を深められましたか？」

「そ、それはそれなりに……」

アンリはこれまでの触れ合いを脳裏に浮かべ、慌てふためいた。

「私が問う絆とは、番となる行為のことなのですが……」

遠回しに身体の関係があったか聞いているのだと思ったが、どうやら店主はその先にあるものを視ているようだ。

かっと首から上に熱いものがこみ上げるのを感じる。だが、今は羞恥心に振り回されている場合ではないと、アンリは悟った。

「もしかして、きちんと契らなければならない……とか？」

薬屋は黙ったままじっとこちらを見る。

否定しないということはそうなのだろう。ただ彼はヒントしか与えられないことになっているから言葉にしないだけだ。

そう言われてみると、これまで何かのきっかけに選択肢やゲージの変化が現れたが、最近は出てきていなかった。前回、薬屋に来て以来、何も変化が起こっていない。必要な行動をとっていなかったからかもしれない。

そして必要な親密度を得ないまま先に進んだ場合、何種類か存在するだろうエンドのうち、よくないエンドの方に結末が傾くことを意味するものでもあるのかもしれない。

ゲームの世界では、進行上、必要なイベントを見過ごして得られなかった選択肢はもう出てこない。

親密度のパラメーターを巻き返せるとしたらこのあとに現れる選択肢があるか否か。アンリの中の焦りがさらに強くなる。

「これだけ教えてほしい。まだ、巻き返せるところにいる？」

「試してみる価値はあります」

完全否定されないだけマシだ。

「わかった。今すぐに王宮に戻る」

ここへ往復するのに通常なら軽く半日以上かかる。魔法のおかげでその半分に短縮できたとはいえ、その魔法だっていつ使えなくなるかわからない。この世界のすべてにおいて何かに依存するようなことは避けておかなければならない。

一分一秒も無駄にできないと悟ったアンリがさっそく踵を返そうとすると、薬屋が問いかけてきた。

「最後に尋ねます。あなたはそれでいいんですね？」

その瞬間、目の前にあの透明のアクリルボックスが現れた。ずいぶん久しぶりの登場だった。

これを逃したらだめだと、アンリの中に警笛が鳴る。

選択肢は点滅していないので強制ではないが、時間制限のあるタイプのようだ。10からカウントダウンがはじまる。こちらにも世界にも時間がないことを示していた。
十、九……。
表示されている選択肢は――二択。

『花嫁になる覚悟がある』『花嫁になる覚悟はない』
きっと言葉通りだけの選択肢でないことは、薬屋の様子から察することができた。
八、七……。
つまりこの選択肢によって、アンリは元の世界に戻れなくなる或いは消滅イコール死亡する可能性もあるのではないだろうか。その覚悟を問うているのだろうか。
六、五……。
アンリの表情を読み取るように、薬屋がふっと笑みを深めた。惑わされてはいけない。そしてもう迷う時間はない。
四、三……。
戻れない世界、戻れない時。
二、一……。
――そして、これから進むべき道。
……。
アンリはレオンスのことを想い、心で強く願う。
『花嫁になる覚悟がある』
……覚悟ならもう、とっくにできている。

■8　真実の愛を契る

　制限時間内に選択肢が確定されたあと、例のごとく夜空に咲く大輪の花のように、花びらが大きく広がったあとゲージはマックスまで伸びていき、その色が一段と濃さを極めた。

　光の花がふわふわと視界に広がっている。見れば、自分の腰にぶら下げていた花の種がすべて開花して霧散していっている。まるで空へと吸い上げられるみたいだった。

「これは……」

　幻想的な光景に魅入られ、アンリはつられたように見上げた。その先の天窓の外には青々とした空が映っている。

「おめでとうございます。もう、あなたには花の種は必要ないでしょう。あとは最後のミッションをこなしてください」

（よかった。間に合ったんだ……）

　アンリはホッと胸を撫でおろした一方、ひとつの喪失感を一緒に抱いた。

身体にまとわりついていた重みがふっと軽くなったような、柵の上で成り立っていた繋がりが切れたような感覚がある。

召喚されたのか転生したのか、未だにどちらなのかはわからないが、いずれにしても自分の魂は二度と元の世界には戻れなくなったのだろうとアンリは悟った。

しかし後悔はない。

決断を迫られたときに真っ先に思い浮かべたのは、元の世界にいる自分の姿でも、元の世界に対する心残りでもなかった。ただひとり、レオンスのことだったからだ。

気合を入れ直して前を向くと、

「どうかお幸せに……」

薬屋が微笑む。

そう言う彼の姿が心なしか薄くなっていくように見えた。その現象を見るに、ひょっとしたらこの店を出て振り返る頃には薬屋自体が消えてしまうのではないかという予感がした。

そうなれば、もう二度とアンリがジョブチェンジすることはできなくなるのだろう。そして、元の世界に戻れないだけではなく、この世界でやり直しすることもできなくなるのだろう。

アンリの姿はまだ透けている。自分は薬屋のように消えるわけにはいかない。自分の輪郭を、自分自身を取り戻さなければならない。

やることは決まっていた。レオンスに会って伝えなくては。彼の『正式な花嫁』になるために。

「さよなら。不思議な薬屋さん」

アンリは別れを告げ、玄関を飛び出す。

そのとき、目の前に駆けてくる馬の足音がした。

「アンリ……！」

馬に乗ってやってきたのはレオンスだった。

「レオンス様!?」

驚くアンリをよそに、レオンスは安堵の表情を浮かべる。急いで愛馬のシュクルから降りて馬を留めると、アンリの元へとやってくるやいなや、思いきり抱きしめてきた。

形を引きとめようとするようにしっかりと腕の中に閉じ込めて、レオンスは深く息を吐く。淡い光に包まれていたアンリの身体はまた輪郭を取り戻していた。

やっぱりそういうことなのだろう、とアンリも実感する。レオンスだけがアンリをこの世界に繋ぎ留める理由なのだ、と。

「……は、よかった。間に合った……」

レオンスの様子から休むことなく馬を飛ばしてきたのだろうということがわかる。

しかしここまでの距離を考えれば、あのあとほとんどすぐに王宮を出たことになる。

「大事な会議はどうしたんですか。あれからすぐ、抜け出してきて大丈夫だったんですか」

「いいんだ。そんなことより、おまえのことだ……会議に出たときに気付いた。周りの記憶から、おまえの存在が消えかけているようだったから、心配になったんだ」

それでレオンスが追いかけてきたのだと納得した。やはり必要なミッションをこなしていないから、この世界から消えかけていたと考えてよさそうだ。

「そうでしたか」

「解決方法はわかったのか？　このままでは、おまえと一分一秒でも離れるのが、不安で仕方ない」

「大丈夫です。巻き返せる方法がわかりましたから」

「本当か？　どうすればいい」

詰め寄るレオンスにたじろぎ、アンリは一旦考えを整理することにする。

「えっと、そのためには……せめて、まずは王宮に戻らなければ」

まさかこの場で言えるわけもない。

あなたと契りを交わさなければ……などと言ったら、レオンスなら本当に場所になどこだわらず今すぐに行動を起こしかねない。

「だが、馬に乗っている間に、おまえに消えられては困るだろう。薬屋におまえの方の馬を預け――」

レオンスが後方を振り仰いだとき、彼は言葉を止めた。さすがの彼も驚きを隠せない様子だった。

アンリが想定していた通りだった。忽然《こつぜん》と建物そのものが消えたのだから驚くのも当然だろう。

「ここにあった薬屋はどうした。いや、この場所ではなかったか……しかし」

レオンスが混乱している間に、アンリは自分の在るべき場所について想いを馳《は》せる。

「どうやら僕の帰る場所が、なくなってしまったようなんです」

アンリが言うと、レオンスがこちらを振り向く。

——帰る場所があるとしたらただひとつ。

「おまえの帰る場所なら、俺が用意してやる」

レオンスがきっぱりと言い切った。

——そう、目の前の彼の側だけだ。

来い、とレオンスが手を引く。アンリはその手を握り返した。唇を塞がれて、消えないように、とレオンスが温もりを与えてくれた。

アンリは目を瞑ってレオンスのその温もりを感じながら瞼の裏に未来を想像する。

この世界でこれからも生きていく。

誰よりも頼もしく、愛しているこの人の隣に……これからもずっといたい。

レオンスの隣こそが今のアンリの居場所なのだ。

＊＊＊

窓を開いて見上げると、秋宵《しゅうしょう》の空に満ちている月の姿が浮かんでいた。涼しい風が部屋に入り込んできて、虫の音が聞こえてくる。

季節の移ろいを感じながら、アンリはしばしぼんやりと寛ぐことにする。

ついさっき湯あみを済ませたあと、アンリはレオンスの部屋で彼が政務を済ませて戻ってくるのを待っていた。

薬屋から王宮に帰ってきたのはもうだいぶ暗くなってからだったが、それでもレオンスにはやることがあるらしく、一旦政務へと戻っていった。

新国王の体制に変わってから、レオンスは前以上に政務に積極的に関わるようになったため、とても忙しい。マティアスを支えるために彼の手腕が必要とされている。

マティアスが弟のレオンスを頼りにしているのは以前からではあったが、理由としては今、シアンがマティアスの子を身ごもっているからというのも大きいらしい。まだ体調が安定していない様子だということで懐妊の報せは王室内の身内だけに限られている。マティアスとしては喜ばしい一方かつての獣憑きの呪いの悲劇を不安視しているようだ。

……とはいえ、彼らのために何かできることはもうアンリにはない。薬屋が消えてから、アンリに僅かばかりあった魔力は使えなくなった。

もうアンリは魔術師見習いではなく、きっとこれまでに選んだ選択肢によって魔術師になる線が消え、レオンスの正式な花嫁としての道を歩んでいるのだ。

『ここへ来て以来、あまりお役に立てずに申し訳ありませんでした』

レオンスと共に薬屋から戻ったアンリは、マティアスに状況を説明した上で謝罪をした。

すると、マティアスはいつものように鷹揚《おうよう》に微笑んだ。

『そんなことはない。充分に役目は果たしてもらった。何よりレオンスと共に歩む道を選んでくれたことを心から嬉しく思っている。レオンス——おめでとう。おまえたち二人の幸せを願うと共にこれからも誰よりも頼りにしている』

マティアスの言葉を、隣に控えていたレオンスは粛々と受け止めている様子だった。

そうして報告が済んだあと、レオンスはすぐにもアンリと共に過ごすことを望んだが、会議を抜け出したあとの話がしたいと重臣らに取り囲まれてしまった。さすがのレオンスも二度も彼らを蔑《ないがし》ろにすることは難しいと判断したらしく、否応なしに夜を待つことになったのだった。

『すまない。立場的に、俺のわがままだけを通すわけにはいかなくなったのがもどかしいな』

『行ってください。きっと、大丈夫です。僕の選択に間違いがなければ、すぐには消えないはずですから……ちゃんとレオンス様のことを待っていますから』

アンリが迷いなく伝えると、レオンスは心配そうにしながらも信じてくれた。

『ああ。必ず待っていてくれ』

レオンスの背を見送ったあと、アンリはそのまま与えられた部屋ではなく、レオンスの部屋で過ごすことになった。

食事と湯あみは済ませたので、このまま夜までレオンスのことを待つだけだ。

(大丈夫。覚悟を決めたんだから……)

とはいえ、レオンスと初めて本当の意味で結ばれる——契りを交わすことを意識すると、緊張しないわけがなかった。

待っている間も、時間が経過するにつれ、アンリは落ち着かずに窓の外を眺めてみたりバルコニーに出てみたり、さらにベッドに横たわってみたりして、最終的にデスクの上に置いてあった本を手にとった。

その本には、以前にレオンスが見せてくれた古の紋章が描かれている。国の歴史を綴《つづ》ってあるらしいが、文字はよく読めない。絵や図にしてあるページを捲《めく》って眺めるだけ。

部屋の薄暗い明かりだけでは手元が見えなくなってきたのでベッドサイドにあったランタンに灯をつけた。ぼんやりと浮かぶように模様が見えてくる。ちょうどあの古の紋章のページにたどり着いていた。

(古の紋章……か)

手首の刻印はすっかり見えなくなった。おそらく身体の七箇所すべて消えているかもしれない。

今夜は……ありのままの自分だけがここにいる。自分の存在がこの世界に必要なのかどうかはわからない。でも、レオンスにだけはどうしても必要とされたい。そんなふうに願う気持ちがどんどん強くなっていく。

ふわり、と甘い香りが漂ってきたと感じた時には、強い腕に抱き竦められていた。

「待たせて悪かった」

こめかみに唇が寄せられる。物思いに耽《ふけ》っていたせいか、レオンスが部屋に入ってきたことに気付かなかった。

「おかえりなさい」

振り向いて伝えると、すぐにも唇を塞がれてしまう。言葉を紡ぐ隙間はなかった。

「んっ……」

あたたかく湿った口づけに陶然と感じていると、そのままベッドに押し倒され、アンリはレオンスを見上げた。

レオンスも仕事を終えたあと湯あみをしてきたのだろう。彼の肌から香油のようないい匂いがする。愛しい温もりと重みを受け止めながら、キスの続きをしようとするレオンスに伝えた。

「すぐには消えないって言ったでしょう?」

「……ああ。信じていた。だが、さっきも月明かりにうっすらと透けていた。夜の闇に溶けてしまいそうなくらいだった。おまえをきちんと俺の側に置くまでは安心なんてできない。おまえのことは……失えない」

至近距離で切々と乞うように告げるレオンスの擦れた声に、胸がギュッと詰まる。それほど彼が欲してくれていることが嬉しかった。

「レオンス様……」

ドキドキと鼓動が駆け足になっていく。

こういう雰囲気のときに好きな人にはなんて言葉を贈ればいいのだろう。正解がわからない。

前回、謎の魔術師として立ち回ることをこの世界に望まれたときは人の恋愛に首を突っ込む役割を与えられた。けれど、今回、自分のことになるとうまくできなくて気付けばいつでも受け身になってしまっていた気がする。

もどかしさで身をよじると、

「おまえはただ黙って俺に愛されればいい」

レオンスが脚の間に割って入るように密着してくる。鍛えられた彼の体軀がずっしりとした重みを伝えてきた。

「……っ」

そうだった。相手がレオンスなのだから。許してくれるなら、彼が与えたいと望むままに享受することが正解ではないだろうか。

「アンリ……俺はおまえが欲しかった。早くこうしたかった」

耳に触れる吐息に感じてしまう。首筋に這わせられた唇にぞくぞくと感じていると、レオンスがアンリの顎に手を添え、性急に唇を重ねてきた。

「……んっ」

強引だが、それでも触れ方はやさしかった。何度も啄むようなキスを繰り返していくうちに苦しくなって喘ぐと、狙いを定めたように舌を絡められる。口づけはさらに濃密にかつ性急になっていく。荒々しく熱っぽい吐息を交換し合いながら、互いを抱きしめ合う。

「は、ん、……ん」

レオンスから求められるままにアンリは自分からも舌を絡めた。不慣れでたどたどしいアンリをリードするようにレオンスがそれを搦めとってくる。

「ぅんっ……んっ……」

互いの濡れた舌が擦れる感覚が心地よくて、身体の芯までじんじんと熱くなっていくのを感じた。早くもアンリの中心の昂りは硬く隆起し、形をつくりはじめている。察したらしいレオンスが下穿《したば》きを脱がせ、直接そこに武骨な指先を這わせてきた。

「ん、ぅ、……！」

指で触れられるだけで頭が真っ白になりそうなくらい張りつめていた。びくりと擡《もた》げたそこをレオンスはさらに掌全体におさめた上でゆっくりと揉みしだく。

「……や、ぁっ」

アンリは仰け反るようにしてその快感から逃れようとしたが、レオンスが許してはくれない。そして身体は素直に愉悦を享受してしまう。

「気持ちいいか？　もっと……よくしてやる」

レオンスの手に愛されるにつれ、尖端《せんたん》からは蜜が噴きこぼれていき、その窪みを指先で弄られ、ぐちゅぐちゅと淫らな音が立つ。

瞳には涙の膜が張っていた。あまりに気持ちよくて頭の芯がふやけてままならない。レオンスのことを大事に感じていたいのに快感に支配されてしまいそうだった。

「ん、は、っ……あっぁ！」

今夜のことを想像している間から、あまりにも高まっていすぎたのかもしれない。

あっという間に切羽詰まった感覚に苛まれ、アンリは慌てて身を引こうとした。そうでもしなければ、そのまま勢いよく出してしまいそうだったからだ。

「レオンス、様……待って、だめっ……」

かぶりを振って身をよじった。

でもレオンスがそれを阻止して続けようとする。そればかりか、吐精するのを手伝うように激しく手を動かしはじめてしまう。

「やっ……だ、めっ……あ、っ」

「……構わない。何度でもイけばいい」

「あ、あっ！」

許されると途端に弱くなってしまう。必死にせき止めようとしていた衝動はそこからあっけなく瓦解した。

「――あっ……ああっ、や、もう、出るっ！」

臀部が痙攣するように戦慄いた瞬間、もう止めることはできなかった。とうとう勢いよくレオンスの手に吐精してしまう。

「は、ぁ……あっ……う、はぁ……」

ビクンビクン、と跳ねる身体はそのままに、敏感になった肌に吐息が落ちるだけで泣きそうになる。必死に激しい呼吸が整うのを待とうとした。なのに、レオンスは愛撫の手をやめない。

「だ、め……動かさ、ないで……っ」

「おまえはまだ欲しがってる。俺の役目はおまえが欲しがるだけ愛することだ」

レオンスに指摘された通り、達したばかりだというのにアンリの欲望を蓄えた屹立は萎えるどころかもう回復しはじめていた。そんなつもりじゃなかったのに。

それにレオンスの雄の部分が内腿に当たるのを感じて、彼を受け入れる準備をするかのように自分の最深部がぎゅっとうごめいた気がした。

「おまえは俺だけのものだ。アンリ……俺を置いてどこにも消えることは許さない。それを今夜はしっかり覚えておけ」

レオンスが愛しそうに見つめてくる。そうしてアンリの頬や目尻にやさしくキスをする。彼の想いがそれだけでも伝わってくる。掌でゆったりと愛撫する動きや指を這わせてくるその仕草にも愛情を感じることができる。

「ん、レオンス、様……」

欲望はまた張りつめていく。本当に何度でも達してしまいそうな感覚に泣きたくなってしまう。もうとっくにあのフェロモンの効果だってなくなっているはずなのに。

だからこそどれほど自分が素のままでレオンスのことを欲しているのかを思い知らされるようだった。

（……レオンス様が欲しい。繋がりたい……）

焦がれる想いのままにレオンスを見つめる。

「その表情が見たかった」

レオンスが満足げに言う。その表情とはどんなものなのか。

「あ、あまり……み、ないで……恥ずかしい」

イったばかりの泣き顔も、淫らに濡れた姿も、全部を今すぐ隠してしまいたくなった。こんなに自分は乱れているのに、レオンスはいつだって堂々と麗しいまま、格好よくてずるい。

「だめだ。全部が見たい……おまえが俺を本当に欲している姿が見たいんだ」

そういうレオンスの息遣いも乱れていた。彼もそれほどアンリに欲情してくれているのだろうか。

「おまえの覚悟を受け止めたい。だから俺も……ありのままでおまえを抱きたい。いいな？」

レオンスのその真摯な想いに打たれ、アンリは頷く。とうとう彼に抱かれるのだと思ったら、心ごと身が震えた。

レオンスも獣化の兆候は見せない。ただの人間同士、繋がる未来を望んでいるのだ。

抱き合っていた体勢から今度は互いが結び合いやすい姿勢に整えることにする。レオンスに誘導されるがまま、アンリは四つん這いの体勢から枕を抱きしめるようにして腰を上げた。

これからレオンスを受け入れるのだと意識すると、再び自分の屹立がいやらしく擡げていくのを感じていた。

怖いという気持ちはなかった。むしろ早く奪われたいという欲求が沸き立つのを感じて、最深部がまたぎゅっとうねった。

そしてとうとうレオンスの逞しく膨らんだ屹立の切っ先がアンリの濡れた蜜口に押し当てられる。ぐっと尖端が埋まっただけで息が詰まりそうになった。

「……ぅあ……あっ」

どうしても辛かったら言っていい、とレオンスが囁く。でも、ここでやめてしまいたくない。彼を受け入れたい。もう後戻りはできない。そう決めたのだから。どんな痛みだって迎え入れるつもりだった。

レオンスが入ってくる。浅い場所に挿入をしてから一度は抜いてそれからまた中へとゆっくり繰り返していた。

「んっ……あ、はぁ……あっ！　……あっ」

耐えて、耐えて、耐えて、何度かの往復を繰り返した末、自分でも未知の領域を拓《ひら》かれる痛みに身悶える。

やがて、その先のもっと深いところに、うねる体内に自分以外の熱い脈動を感じとることができた。切なそうに吐かれるレオンスの吐息と汗が背中に落ちてくる。腰を掴んだレオンスの手がぎゅっとアンリを支え直す。

「もっと、動い、ていいか」

レオンスも狭い中に押し込んだ苦しさがあるのだろう。繋がっただけでは終わらない。それは同性だからこそアンリにもわかっていた。

「……して、ほしいです……っ」

やさしくいたわって掘削するように、けれど、深く求めたい想いが我慢できないといったふうに、レオンスが腰を動かしはじめる。その感触を得るにつれ、レオンスのものになったのだと実感し、えもいわれぬ熱い感情と共に涙が溢れ出していた。

レオンスと結び合っている。彼と契りを交わしている。紛れもなく彼のものになったのだ。

「は、っ……アンリっ」

レオンスは自身の腰を揺すって律動を繰り返しながら、一方で、アンリの昂りの放出を手伝うように揉みしだきはじめた。

「あ、あん、あっ……！」

後ろから与えられる鈍くて甘い痛みと、前から与えられる激しく沸き立つ吐精したい衝動と、それらが混ざって頭の中がおかしくなりそうだった。

アンリは内側に張りつめたレオンスの熱棒を懸命に咥《くわ》え込みながら、彼の名を何度も何度も繰り返し呼んだ。

「は、あっ……あっ……レオンス様、……」

レオンスのことが愛しくて、ぎゅう、ぎゅうっと無意識に締め付けてしまう。それがレオンスのことも同時に追いあげていく。互いの荒々しい呼吸と打ち合う音がまるで何かの二重奏のように交互に奏でられていく。

「くっ……は、……っ」

挿送《ちゅうそう》を繰り返すにつれ、切なそうに息を詰めるレオンスの様子にもアンリは感じてしまう。限界はもう近かった。甘い喜悦が漣のようにアンリをさらっていく。

「あ、あっ……や、イくっ……！」

堪え性のない自分が嫌になるくらい、迫り上がってくる愉悦を拒むことができない。

「……いい、何度でもイけ……っ」

許されてしまうと、アンリの方がまた先に絶頂へと押し上げられ、そのまま極めてしまった。

淫らに吐き出したあと、崩れ落ちるように横たわると、後ろからぬるりとレオンスが中から出ていく気配がした。

「う、あ……」

腹部を押し上げていた異物感が引いていくと不思議な感覚になる。まるで物足りないものを探すように中が収斂《しゅうれん》していた。

脱力して動けずにいると仰向けに体勢を変えられ、レオンスが再びアンリを組み敷いた。

レオンスの目前に晒された、蜜を垂らして天を仰いでいたアンリのはしたない欲望に目を伏せたくなってしまった。

けれど、それをレオンスが許してくれない。彼はまたアンリの脚を左右に開かせると、腰を押し上げるようにして後孔が見えるようにし、彼の猛々《たけだけ》しいものをぐっと押し当ててくる。そのままレオンスはアンリに覆いかぶさるように腹筋を使って入ってくる。

「あっ……ぁ！」

さっきよりも無理な体勢ではあるけれど、お互いの顔を見て抱き合えることに安心感を抱いた。

「これまでもおまえと戯れに触れ合ってきたが、本気で愛せる今が……一番気持ちがいい」

レオンスが言いながら腰を動かす。互いの息遣いや打ち合う音はまた甘い二重奏を奏ではじめていた。

揺さぶる勢いはゆっくりと激しさを増していく。二人の間で張りつめる屹立からは蜜が滴《したた》って止めることができない。

「レオンス様……っ」

「おまえはどうだ、辛くはないか？」

「大丈夫、です……もっとしてほしい。やめないで」

「アンリ……っ」

レオンスが腰をよりいっそう淫らに揺り動かし、アンリの中に種付けするように深く打ち付けてくる。やさしく柔らかく、でも時折、無慈悲に激しく奪って、どこまでもアンリをその愛執の檻《おり》に閉じ込めようとする。

「……んっ……ん、あっあっ……んっ」

「は、……あ、おまえを、愛している……アンリっ！」

「あ、……ぁっ……レオンス、様っ！」

夢中で抱き合い、互いに愉悦を極めていく。

最深部へと放たれたレオンスの精を呑み込みながら、彼に愛される悦びに震えたアンリもまた上り詰めていく。

愛している、と囁き合って、名前を呼び合って。

何度も何度も声が嗄《か》れるまで感じ合って、夜明けが訪れるまで飽きたらずに求め合っていた。

これまで肌を重ねることはあったけれど、素のままの自分でレオンスを受け入れたことは初めてだった——。

気を失うように眠ってから、アンリは身体の奥で疼《うず》く痛みに目を覚ました。背中が痛いし、腰が重たい。寝返りを打つとぎくりと強張るものを感じた。

軽く呻くと、隣ではレオンスがいつの間に起きていたのか、こちらを見つめていた。

アンリはそのことに気付いて驚き、慌てて布団をかぶりたくなった。

「な、なんでそんなじっと見てるんですか」

防御態勢になろうとするアンリだったが、しかしそれをレオンスが許してはくれない。

「愛しい花嫁の寝顔を見ていて、何が悪いんだ」

開き直ったレオンスの態度に、アンリは顔を赤らめる。

「ま、まだ……花嫁ではありませんから」

照れ隠しに言ったのが逆効果だった。

「俺たちはしっかりと契りを交わした。もう、おまえは俺だけのものだ。それはわかってるだろ？」

「わ、わかっています……とも」

照れくさくて小さくなっていく声に比例して、顔が火照っていく。レオンスがくすりと笑う。

「昨晩のおまえは……最高だったな」

悦に入ったようにレオンスが言い、アンリを見守るような甘い視線を向けてくる。

「……そっそういうこと、言葉にされると、困ります……」

「本音を告げただけだが」

くっと喉を鳴らして笑うレオンスを見ると、絶対にからかう意図も含まれていることがわかる。

「真剣、だったんですから、からかうのはやめてください」

「悪かった。あまりにおまえがかわいいから、言葉にしたくなったんだ」

レオンスが言って拗《す》ねたアンリをやさしく包むように抱き寄せてきた。レオンスの胸に頬を寄せながら、アンリは目を瞑る。

初めて契りを交わした朝はやはり気恥ずかしくくすぐったい。しかし完全にレオンスのものになったのだという実感が湧くにつれ、胸の中いっぱいに占められていくものがあった。

――それは幸せという気持ちだ。

「……一日も早く、おまえと結婚がしたい」

頭上から声がしたと思ったら、離された腕の合間からキスのシャワーが降り注いできた。額や頬や目尻や……唇に。それから耳や首筋に……逃れられない愛撫の続きに、刻印の代わりと言いたげに彼が肌を吸い上げる。

アンリは呼吸を乱しつつ、首筋から唇を離したレオンスを見つめた。

「もう、僕はどこにも行きませんよ」

「……だとしてもだ。俺のものだという証を皆に報せたいんだ」

そうしてベッド中でいつまでも寄り添い合いながら動けずにまったりしていると、そのうち光の中に浮かぶものが見えた。

アンリはハッとしたようにその出現を待つ。今度こそ最後になる、大事な選択肢かもしれないと思ったからだ。

『ふさわしい名前の入力をしてください』

「え……」

思いがけないエフェクトにアンリは固まってしまう。選択肢ではなく、自分で入力しなければならないタイプのものだなんて——聞いていない。

動揺のあまりに心臓の音が早鐘を打っていく。

(最後の最後まで薬屋はやってくれたな……)

「どうした?」

「ふさわしい名前……」

「ん?」

「アンリという名前は仮のものでした」

「どういうことだ。おまえが偽者などとは言い出すなよ」

「無論、僕は僕に変わりないのですが……レオンス様と一緒にいるためには、新しく僕にふさわしい名前をつけないといけないらしいです」

「それをしないとどうなるんだ」

「わかりません」

まさか、ここにきてリセットされるなんてことがあったらどうしよう。そんな焦りや不安が迫り上がってくるのを感じて、かぶりを振った。

大丈夫だ。あの選択は間違えていないはずなのだから。これからフィナーレを迎えるはずだ。そう信じながら、アンリは落ち着いてレオンスに尋ねた。

「ここはこの世界の理に添いたいと思います。僕にふさわしい名前があるとしたら、どんなものだと思いますか？　レオンス様に決めてほしいんです」

アンリの真剣な眼差しを受け、レオンスはしばし逡巡《しゅんじゅん》する。それから覚悟を決めたように言った。

「俺にとってアンリという名は特別だったが、それでも他に思い浮かぶ名でよいものがあるとするなら——イリス……というのはどうだ？」

「イリス？」

「アイリスの花の名の由来となった女神の名だ。アイリスには希望や架け橋、それから信じる心——という意味があるらしい。おまえにぴったりだと思ったんだ」

あの青いアイリスのブーケが思い浮かぶ。きっとレオンスも同じことを考えていたのだろう。

「おまえに向けられた、あの花束に込められた意味を、兄上から聞いた」

なるほど、とアンリは納得した。

「僕の名前が変わることをどう思いますか？」

「たとえ名前が変わろうと職業が変わろうと、俺はおまえのことを愛している。その想いが変わらないのならば、いいんじゃないか」

一分のためらいもなくレオンスがはっきりと告げてくれたことに、迷いの霧さえ立ち込める隙はなかった。

「……とはいえ、慣れるまでは落ち着かないかもしれない。おまえが区切りをつけたいと考えるのなら、結婚式の前に洗礼を受けるといい。何度でも言うが、俺は……おまえがどんな名を持とうと、目の前にいるおまえこそが大事な俺の花嫁だと自信を持って言える。それに関してためらうことはない」

レオンスの言葉には不思議と前を向く勇気のようなものが感じられる。自分をこれほど肯定してくれる存在は他にはいない。

「イリス……いい名だと思わないか？」

レオンスがアンリに微笑みかける。つられたようにアンリも笑顔になった。

「そうですね。僕には勿体ないくらい、素敵な名前だと思います」

「謙遜《けんそん》なんてするな。誰よりおまえにふさわしい名だ」

新しく与えられ、心地よく身になじんでいく名前を心の中で繰り返し唱えながら、レオンスを見つめる。

「決めました。僕の新しい名は……イリス」

レオンスからの愛の言葉を受け止めながら、アンリは意識を込めて名前の問いに応える。

『イリス』

新しい名の入力は確定され、アンリ……改めイリスの中に吸い込まれていく。一瞬また透けかけていた身体は輪郭をなぞって象られていく。光はもうそこから見えなくなった。

「愛している。俺だけの……イリス」

おそらく、今こそがレオンスとの恋のエンディングが確定した瞬間だったのかもしれない。

■エピローグ

大聖堂の中で『アンリ』は『イリス』の名を持つものとして洗礼を受けたあと、レオンスとの結婚式を執り行うことになった。

純白の衣装に身を包んだイリスは、レオンスの隣に並び、彼と微笑みを交わす。手には青いアイリスのブーケを持っていた。

そこには希望がたくさん込められている。

レオンスと愛を誓い合ったあと、開かれた大聖堂の外へと鳥が放たれると、イリスは青々とした空を仰いだ。

見れば、天からの祝福といわんばかりに、いつしか吸い上げられていった光の花が頭上へと降り注いでいた。

「イリス、最高の結婚式日和になったな」

「そうですね、レオンス様」

二人は寄り添い、笑顔を交わし合った。

(この世界に来て、ようやく……ハッピーエンドか)

イリスは心の底から安堵し、満ち溢れる幸福に酔いしれた。

その直後、シアンが無事に出産し、男児を産んだことが報告された。名はノエルと名付けられた。

ノエル王子には獣憑きの呪いは継承されなかった。

それからしばらくして、マティアスとレオンスの痣もそれぞれ消えていることが明かされた。その頃になると、イリスに体調の変化が訪れた。懐妊したのだ。

やがて、イリスもレオンスとの子を抱くことになるだろう。さらにジュストには生殖機能が戻されたという報告がなされた。

そのことから、王家の呪いは完全に封じられたように思われた。

しかし。

転生者としてこの世界にやってきた青年、大月忍は『アンリ』ではなくイリスという特別な名を抱いたために、この世界に存在が根付くことになり、元の世界との接点は完全に閉ざされた。

そして、イリスとなった『アンリ』はレオンスと結ばれた際に忘れてしまっていた。

ここはあくまで秘密ルートその一。

つまり――秘密ルートがまだあとひとつ残されているということを。

＊＊＊

「仕方ありませんね。彼はもう使えませんから」

その代わりに――。

今日、迷い込んできた（否、こちらに迷い込ませた）転生者の元に、システムメッセージが表示される。

『秘密ルートその二が解放されました』

先ほどぼやいていたのは、死神が持つ銀の鎌を背負い、黒いローブを羽織った魔術師のような男だった。

彼はフードで隠していた顔を晒す。その正体は、眼鏡をかけた初老の男だった。

彼の目の前にあるのは、薬の店。彼はニヤリと微笑を浮かべる。

そして、薬屋の玄関の扉を開いた。

せっせと衣装に着替え、カウンターに立ち、次なる来訪者を待つ。

「さて、次はどんな人がこの世界の主人公になってくださるのでしょうか」

しばらくすると、強制選択肢に急かされ、薬屋を尋ねてくる青年がいた。

「——何、ここ」

[redacted]という青年はきょろきょろと店の中を見渡す。

「お待ちしておりました。さあ、奥の部屋へどうぞ」

薬屋の男は、転生者をこの世界へと導く。

そして——。

『強制ジョブチェンジが発生しました』

「さあ、新たな物語のはじまりです」

——秘密ルートその二が動き出す。

これから先の未来は、新たな転生者である[redacted]に託された。

あなたへ贈る花言葉

★1

結婚式の際に、イリスという名を戴《いただ》いてから、不思議と凪《な》いだように心が穏やかになっていった。レオンスの正式な花嫁になったことで、僅かばかり与えられていた魔術師としての魔法の力がなくなったせいなのか、それともここがもう異世界ではなく自分の存在する世界だと認識したせいなのか。

一番の理由は、やっぱりレオンスと相思相愛になったことかもしれない……と、イリスは考察する。

イリスとレオンスの結婚式の直後、シアンが無事に出産し、男児を産んだことが報告された。季節はだんだんと涼やかな秋から肌冷えする冬へと移ろい、山々から美しい雪が風に運ばれてくるようになった。

王子の名はノエルと名付けられた。幸い、ノエル王子には獣憑《つ》きの呪いは継承されなかった。その後も、王子の成長は順調のようだ。その間に、マティアスとレオンス、そしてジュストにそれぞれ刻印されていた痣《あざ》が少しずつ薄くなってきているということが判明した。

――これは僕がレオンス様の子を授かり、エンディングを迎えるまでの間の番外的な物語である。

(……ということは)

ひょっとしたら、イリスがレオンスの子をもうけたら……そのときには、完全に呪いが消えるのではないだろうか、とイリスは期待を抱く。本当の愛を知った二人が心身共に結ばれて子宝に恵まれたことに意味があるのだとしたら——。

生殖機能を失ったジュストを除けば、あとはレオンスだけが王家の血筋を引く者として子宝を待つ人物ということになる。つまり、イリスが懐妊となれば、すべてが解決する可能性だってある。

そんなふうに意気揚々と力説するイリスを前に、レオンスは深々とため息をついた。

「——そういう真面目な話、今からっていうときに、ベッドですることか？」

「こういうときだからこそ、思いついたんですよ」

「……まったく、色気のないことだな」

まさに上半身裸になっていたレオンスが覆いかぶさって事をはじめようというとき、彼は戦意喪失したらしく、イリスの隣にどっかりと横たわった。

厳しい冬が通り過ぎていき、ようやくあたたかな春の陽気に恵まれるようになったある日のこと、二人で夜を過ごしていたときに、思い立つままにイリスの考えをレオンスに話した。するとレオンスが不満げにため息をついたのだった。

そんなレオンスを見て、イリスの方もむくれてしまう。

「これから先の大事なことなのに」

「わかっているさ。おまえには感謝している。兄上も俺も、おかげで獣憑きの呪いは落ち着き、ノエルにも継承されなかった。痣が少しずつ薄くなっているのは事実。ひょっとしたらいずれ消えるのかもしれない。病でも呪いでも完治するのが第一だと王室の者たちは騒ぎ立てる。皆が、おまえに期待をしているのは事実だ。考察通りにいけば、この先も我が国は安泰と喜ばれるだろうな」

「だったら……」

その先を言い募ろうとすると、レオンスが先回りしてしまう。

「だが、俺はおまえを道具のように見るつもりはない。大事な花嫁として迎えたのだからな」

そう言い、レオンスがイリスの頰《ほお》に指先を這《は》わせた。宥《なだ》めるようなその仕草から彼の愛を感じながらも、やはりイリスとしては釈然としなかった。

「レオンス様は、その、……欲しくはないのですか？」

「欲しくないわけがない。ただ、俺が一番に欲しいと思うのは、おまえ自身だからだ。その先に、そういう未来があれば、もちろん嬉《うれ》しいと思う」

「レオンス様……」

「おまえは怖くないのか？　王妃……シアンはやはり子を産むときは怖かったと言っていたそうだ。しばらく落ち着くまで王室内がピリついていたこともあったな。ジュストと……それから王太后の件は当然知っていたわけだしな。腹の子が生まれたと同時に母親を食い殺さんとすることもあると、危険視もされていた。生まれるまで、いや、生まれてからも、どうなるかわからない。愛せるかどうかも……獣憑きの呪いとはそういうものだった」

レオンスは目を伏せた。彼もかつての事件に思いを馳《は》せているのかもしれない。そしてまだ完全に呪いが消えていない今は、イリスにも起こりうることなのだと言いたいのだろう。

以前、イリスがまだアンリという名だったときに消えかけたことがあった。あのときのレオンスの取り乱した様子はまだ記憶に新しい。イリスも自分が消えることへの覚悟をしなければならないと思ったものだ。今はあのとき以上にレオンスのことを愛している。彼の側《そば》から離れることも消えることもしたくない。

「……僕だって怖いです。子への愛はまだわかりません。自分が産む…というのも正直ピンとこないし」

「だったら無理をする必要はない」

「でも、完全に呪いを消したい、勝ちたい、という気持ちはあります。だって悔しいじゃないですか。せっかくここまできたんだから……それに、僕はまだ心配なんです」

未知のことならこの世界に来てからたくさん経験した。乗り越えられたことも多くあったはずだ。攻略し尽くすのだって悪くないと、腹をくくった日もあった。努力の甲斐《かい》があって今がある。そこは自信を持っていい。

しかしこの世界は時々思いがけない方向から新しい非情さを突き付けてくるから油断ならないのだ。

「薬屋のことか？　目の前で消えたのは見たが……」

「だとしたら、僕の『記憶』が消えてもおかしくないんですよね。イリスとなった時点で…。そうじゃないと、この世界に『異物』がいつまでも残っているということになりますから」

だから、ハッピーエンドに向かうだけだと考えている現状は危うく、まだ何かが起こる可能性が残されている、ということも想定しなくてはならない。

（あの薬屋のことだから……二転三転だってあるだろう）

イリスの考察を訊《き》いて、レオンスが沈黙した。

不安にさせてしまっただろうか。

フォローの言葉を口にしようとすると、レオンスは再びイリスに覆いかぶさってきた。

「えっと、あのっ」

「つまり、俺の愛が足りないって言いたいんだろう？」

「……なっ、なんでそうなるんですか。短絡的思考すぎます」

「おまえの中にたっぷり愛を注いで、満たして、いずれ、実を結ぶものがあればいい」

身体を密着するように閉じ込められて唇を奪われてしまった。

「……っ」

レオンスしか見えなくなっていく。彼の愛を込めた眼差《まなざ》しに囚《とら》われて、イリスは息を呑《の》んだ。

「……イリス、おまえが不安を覚えるというのなら、俺がぜんぶ引き受ける」

「レオンス様」

「だから、おまえはただ、俺に愛されていればいい」

「……あっ！」

――そのあとは、いつもの通りだ。

ベッドに身が沈んで、四肢を絡ませ合い、もがくように手を伸ばす。

シーツを握り締め、甘美な享受に身を焦がす。

そうして……悔しいけれど、何度だって、わからせられてしまう。

どれほど彼に愛され、そして自分が彼を愛しているのか。

「愛している、イリス……！」

「……あっ……レオンス様っ……！」

互いに求め合っている間に、やがて身も心も満たされていく。

ああ、幸せだ。だから、それでいいじゃないか、と流されるままに。

★2

ノエル王子の誕生祭はあたたかい春を迎えたら行われることになっていた。生後三ヶ月から四ヶ月が過ぎ、だんだんと首が座ってきた頃を目途《めど》に、初お披露目ということになる。

その日に向けて王宮内は忙しく動きはじめている。王宮での祝宴の他、祝祭日として城下町でもパレードが行われるとのこと。街中の警備に当たっていた兵士から、国民は久方ぶりの王子の誕生を喜んでおり、城下町はどこもかしこも活気に溢《あふ》れていたという情報を得た。報告をくれた兵士の表情も明るかった。

皆がそうして心待ちにしているノエル王子の誕生祭まで、あと一ヶ月というある日のこと——。

王宮内には国章や祝祭専用の旗などが飾られ、至るところが日ごとに華やかな姿を見せるようになっていた。

イリスは王宮の正門に位置する庭園の方へと足を向ける。以前に種を植えた花壇の花々を見たいと思ったからだ。名前を戴いた日から、不思議とイリスは前よりも花が好きになった。歴史や文化を学ぶ中で、花言葉についても知った。まだレオンスには打ち明けていないけれど、いつかレオンスとの間に実が結ばれる奇跡が起きたら——花の名をつけてみたいとも考えているほどだ。

正門の中央にある花壇の方まで行くと、そこで右往左往している人物を発見し、イリスは足を止めた。

(どうしたんだろう。あれは庭師……ではない？)

ツナギを着た庭師が鋏《はさみ》や籠を持っている姿は別の場所でも見られたが、その人は宮廷絵師のものにも少し近いような、宮中用の衣装に身を包んでいる。何か困ったことでもあったのか、途方に暮れている様子だったので、気になって声をかけてみることにした。

「どうされたんですか？」

「実は……ここの花壇の石材の修復のために師匠を呼んでいるのですが、到着が遅れていて……確認したところ、腰を痛めてしまってしばらく来られないそうです。これからというときに参りました」

彼は、宮仕えをしている修復絵師で、師匠についていたおかげでここに勤められるようになったらしい。彼の師匠は花壇を新しくした当時の職人だそうで、今は引退して城下町で暮らしているところだったが、当時のことに詳しい職人のひとりということで監修や手伝いを頼んでいたそうだ。

足元には種類豊富な細筆、色々な液体の入った小瓶が並んでいる。石材の修復に、色褪《あ》せた塗料を上塗りしていく必要があるのだという。

「なるほど。そういうわけだったんですね」

「ええ。ノエル殿下の誕生祭まであまり日がありませんから、なるべく急いでほしいと頼まれているのに、困りました」

「師匠がいらっしゃらないと取り掛かれないのですか？」

「いいえ。もう一人前なのだからおまえひとりでもできるだろう、と伝言があったらしく」

「じゃあ、いいんじゃないでしょうか。進めてしまっても……」

いやいや、と修復絵師は首を横に振る。

「それにしても人手が足りません。師匠が言うには、あまり人が増えると雑になるから二人でやっていこうということだったのに。こんなことならもう少し人員を確保しておくべきでした」

「う－ん。宮廷絵師の方に声をかけてみるというのはどうでしょう？」

「他の仕事で手一杯だそうです。彼らも誕生祭のために頼まれていることがあるはずですよ。代理を探してみるとは言われましたが、誰も彼もがバタバタしているので、話がちゃんと通っているかどうかも定かではありません」

修復絵師の嘆きは止まらない。何も力になってあげられないのがもどかしい。

(なんだか、プラプラしている自分が恥ずかしくなってきたな……)

「僕に手伝えることはないでしょうか？　こう見えて、手先は案外、器用な方だと思うんです」

少しの罪悪感と好奇心が背中を押した。気付いたら、イリスは自分からそう申し出ていた。

素人が塗り絵をするような感覚で取り掛かられては困るというような当惑した視線を感じたが、猫の手も借りたい状態だったのだろう。

「では、試しにやってみてもらえますか？」と彼は言った。

そして言われた通りに細筆にインクをつけて動かしてみることにする。

「なるほど。おやおや？　なかなかいい腕をお持ちですね」

(魔法の力がこんなときに残されていたら便利だと思うんだけど……)

正式な花嫁になったときに魔力が消えた。もうイリスには魔術師としての能力はない。

「ペンキで塗り替えていくゲーム攻略のようなもの……と思うと、やる気が出るかも」

「はい？」

「いえ！　独りごとです。どうでしょうか？　代理が見つかる間だけでも、少しでもお役に立てればいいのですが……」

どう考えても正門の花壇を一周するだけでも時間がかかるのに、これをひとりで丁寧に修復していくとなると当然たったの一日や二日でやれることではないだろう。一週間、二週間はかかるのかもしれない。雨が降る日だってあるし、風が強い日だってある。何かトラブルがあれば中断せざるをえないことだってある。間に合わないということは許されないのだ。

「やるしかありませんよね」

腹をくくったらしい修復絵師を励ますように、イリスもうんうんと頷《うなず》き返した。

「やりましょう！」

それからイリスはしばらく修復絵師の手伝いをすることになった。内心では攻略してやる！という気持ちで。

最初はミスしないように慎重に進めていたせいか手や指に痺《しび》れを感じるような緊張感があったが、やがて少しずつ慣れていくと筆捌《さば》きも見られるものになってきた。

「まるで、その当時の風景を見せてもらっているような気持ちになりますね」

「修復絵師はそれが生き甲斐なんですよ」

その言葉通りに、修復絵師の彼は石を磨きながら活《い》き活きとした表情を見せた。やがて鼻歌を歌いはじめる。

「彩れば花束、磨けば宝石……」

「……なんの歌ですか？」

「あぁ。だいぶ昔の歌なので忘れてしまいましたが、古くから伝わる民謡のようなものですね」

「へぇ」

そういえば、花言葉の他に石言葉……なんていうものもあったはずだ。

元の世界の情報だけれど、この世界にも共通していることはある。

「彩れば花束、磨けば宝石……あなたと私はきっと運命……」

修復絵師の彼に倣《なら》い、イリスも一緒に歌った。ミュージカル映画みたいだ、と笑いながら。

魔法の力はなくなってしまったから花を蘇らせることも、塗料を鮮やかに染めることもできないけれど、自分の力を添えることの大切さを実感できる。

(こういうのどかな時間もいいものだなぁ)

レオンスともこんな時間が過ごせたらいいのに。ぼんやりと、イリスはまたレオンスを想《おも》う。

最近はレオンスが多忙のため、すれ違う時間が続いている。ちょっとした日常の発見や、イリスが知りえる知識とレオンスが教えてくれる文化や歴史を互いに語らい合うのが好きなのだが、今は全然話せていないのが寂しい、と思う。

それから——。

夢中になって手伝いを続けているうちに、花壇はどんどん鮮やかさを取り戻していき、磨いて宝石のようになった石材に囲われた花たちはよりいっそう華やかに咲き誇って見えた。イリスとしても誇らしい気持ちになったし、清々《すがすが》しい晴れやかな気分だった。

満足げに眺めているとそこへ突如、現実に戻る足音がした。

イリスの元へ、ジュストが息を切らしたようにやってきたのだ。

「イリス様！　こちらにいらっしゃいましたか。しばらく御姿《お》が見えないので探しましたよ」

ほっと安堵《あんど》の息をつくジュストの様子から察するに、だいぶ心配させてしまったらしい。

「ごめんなさい。すっかり夢中になってしまって。でも、楽しかった！　いや、ちょっとでも役に立ててよかった！」

「ちょっとどころか、おおいに助かりました！　本当に感謝しかありませんよ。此度《こたび》は、ありがとうございました。おかげで、あと残りは私ひとりでもなんとかやれそうです。手先が器用というのは本当でしたね。見事なものです。天職なのではないでしょうか。あの、もしよければ……推薦状をもらって、転職を検討されても!?」

修復絵師はすっかり気をよくしたらしく。饒舌《じょうぜつ》に勧誘しはじめた。

「転職!?」

イリスは思わず声を上げてしまった。

『転職』というワードに敏感に反応してしまうのは、それこそ職業病のようなものかもしれない。一瞬にして、元の世界の『花屋』とこの世界で出会った『薬屋』のことが脳裏をよぎったからだ。

「いやいやいや。ジョブチェンジはもう結構です！」

慌ててイリスが立ち上がったそのとき、ギクリと、身体に異変が訪れた。

「うあっ！」

「どうされましたか⁉」

「魔女の一撃、喰《く》らいました……多分」

「えっ⁉　魔女、どこにっ」

修復絵師がきょろきょろと周囲を見渡す。

「あ、いえ。ぎっくり腰のことを魔女の一撃ってたとえられてるんですよ」

「なるほど」

「……若くてもなるってほんとだったんだ。う、動けない……何これ、イタタタタ」

そんなやりとりをしていると、ジュストが失礼、とイリスを軽々と抱き上げてしまった。

「では、私が医者のところまで連れていきましょう」

「あ、あの。そういえば、すっかり失念しておりましたが、貴方《あなた》様は……」

狼狽《うろた》えた様子の修復絵師に、ジュストが説明をする。護衛騎士がなぜイリスについているのだろうという疑問は当然だろう。

「イリス様は、レオンス殿下の花嫁でいらっしゃるのですよ」

修復絵師の口から、ひえぇという声が漏れたのが聞こえた。何かをフォローしたかったが、少しも動くことができずに、手を僅かばかり振って見せるので精一杯だった。

「面目……ありません」

「いいえ。それが私のお役目ですので……」

ジュストが少し興味深そうに顔を覗《のぞ》き込んできた。

「なんでしょう？」

「インクと花の香り……のせいでしょうか。なんとも馨《かぐわ》しい、懐かしいような気がしまして」

ジュストが目を細める。それは愛《いと》しそうに。

イリスはなんだろうと首を傾《かし》げて瞬《まばた》きをする。一方、身体は何ひとつ動かせない。

「大人しくしていてくださいね。また動いて、一撃を喰らうのはしんどいでしょうし」

「……はい」

大人しく腕に抱かれながら、イリスはジュストを見る。端整な顔立ちと甘い雰囲気、一番年上の、本来の王位継承者だった人。生殖機能が失われたとしても、それだけがすべてではないはずだ。魅力的な部分が多くあって、使用人たちがよくキャッキャと噂《うわさ》しているのを見ることもある。

「何か？」

「い、いえ」

レオンスとの間に子をもうけることを焦っていた自分がいたたまれなくなってしまいそうだった。

（……呪いが消えれば、ジュスト様の機能が復元される、ということはないのかな）

そんなことを考えていた道すがら、側近らに伴われて会議室から出てきたレオンスとばったり会った。レオンスはジュストの腕に抱かれていたイリスに気付き、すぐにもこちらへやってくる。その表情がだんだんと厳しいものへと変わっていった。

「いったい何事だ」

「ちょっと、腰を痛めてしまって」

「腰？」

「あ、えっと、あの……花壇のところで、捻《ひね》ってしまったようで？　安静にしていればきっと大丈夫ですよ」

「医者にしっかり診てもらえ。ジュスト、頼んだぞ」

「はい。もちろんでございます」

話はそれで終わるかとおもいきや、レオンスが腑《ふ》に落ちない顔をしていた。

「それにしても、最近、おまえたちの距離がやたら近いように感じるのだが……」

「それは当然のことかと。私の第一の任務は、大事なレオンス殿下の花嫁の護衛だと仰せつかっておりますからね」

「僕も信頼しているジュスト様に側にいてもらえるのは心強いです。今回も助けていただけてよかった」

あのまま動けずに石化していようものなら騒ぎになったところだった。

それはあまりにも恥ずかしすぎるし、レオンスの顔にも泥を塗ることになりかねない。

無論、レオンスやマティアスがそんな考えをする人たちでないことは知っているが、王室の重鎮たちが黙っていないこともまたわかっている。

「まさか、殿下ともあろう御方が、そこまで狭量なはずはありませんよね」

魔女の一撃……とは別の意味で、ジュストから一撃をもらったレオンスは言葉を詰まらせた。

ジュストは喉の奥で笑いをかみ殺している。

何か、雲行きが怪しい。

(え、そういうこと？　距離が近い……ってジュスト様との仲を疑っているってこと？)

レオンスが何かを言いたげにしているところ、イリスはその間に割って入った。

「あ、あの！　レオンス様にお願いがあります。修復絵師の方のサポートを頼めますか？　人員の配備が足りてないようで」

「修復絵師のサポート？」

「そうそう、そうでした。その説明をさせていただこうかと思っていたのです。人が見つかるまで、どうやらお手伝いをされていたようですよ。おやさしい方ですね、イリス様は」

ジュストもすぐにフォローに入ってくれた。

「……それで、魔女の一撃を」

イリスがそう言い添えると、レオンスが眉根を寄せた。

「魔女？」

「あ、喩《たと》えです。それほどの激痛が走ったということです」

「……そういうことか。くれぐれも大事にしろよ。代理人の件はわかった。すぐに当たってこよう」

レオンスはため息をついたが、内容については理解してくれたようだ。ちらりとジュストを一瞥《いちべつ》し、「助かった。感謝する」とだけ告げて戻っていく。

イリスがほっと胸を撫《な》でおろすと、ジュストがひっそりと言った。

「あなたに当たられては大変ですから、あとで謝っておきますよ」

「人が悪いですね、ジュスト様。意地悪というか……?」

「元々ですよ。意地悪は……弟への嫉妬でしょうか。あなたがかわいらしいから」

「……!」

今日のジュストはなんだか人が違うように思う。

もうこれは、見なかったことにしよう。それがベストな選択だろう。

★3

その後、医師のもとでしばらく腰を温めたり痛み止めを打ってもらったりして安静にしていたら強張《こわば》りが解けたらしく、すっかりよくなっていた。どうやら同じ体勢のままでいたのがよくなかったらしい。ぎっくり腰かとおもいきや、これは一時的な筋肉の強張りで、クセになるようなものではないだろう、と診断された。

まずは一安心というところだ。

「ですが、くれぐれも気をつけてくださいね。大事な御身なのですから」

「……はい」

粛々とお叱《しか》りを受け止め、イリスは医師に礼を言って治療部屋のベッドから退室した。

大事に至らなかったのは救いだが、なんだかまた落ち着かない気持ちになってしまう。

(大事な御身……かぁ)

それはわかっている。未だに不相応ではないかと思うことがあるけれど、レオンスの花嫁となった身であることの自覚はある。

(実を結ぶ前に花が朽ちたら意味がないもんな)

その後は書斎でいくつか本を見繕って部屋に戻った。修復絵師が歌っていた民謡や、花言葉だけではなく、石言葉が気になったからだ。

夕食の時間は食堂でひとりだった。王室が新しい体制で動きはじめてから王家の者たちのやるべきことは多い。今は王子の誕生祭に向けて、ますます必要なことが多くあるだろう。

(僕がやれること……何かあればいいのだけれど)

充分に役立ってくれた、と言われ続けて数ヶ月。イリスとしてはそろそろ次のフェーズに移行したいところなのだが、何よりも御身を大事に……と言われてしまうので、もどかしい。

（レオンス様に相談したら、何かいいアイデアを一緒に考えてくれるかな）

湯あみをして部屋のベッドでうとうとしていると、ふわりと香りが漂ってきた。

それは、レオンスが焚《た》き染《し》めている香……の他に、甘い馨しい匂いが混ざっている。

「レオンス様？」

目を擦《こす》ってベッドから起き上がると、レオンスが腕に花束を抱えていた。

「どうしたんですか？」

問いかけると、レオンスはやや照れたように頬を染めた。

「おまえへの贈り物だ。サシェやポプリにするための花をいくつか見繕っていた侍従に声をかけた。せっかくなら、花という形があるうちに、おまえに贈ろうと思った」

「綺麗《きれい》ですね」

チューリップ、ガーベラ、ペチュニア、クロッカス、ローズ、スイートアリッサム……。赤、ピンク、黄色、紫……目の中に飛び込んでくる鮮やかな色と香りが、自然とイリスを笑顔にさせてくれる。その中でも、ひときわ輝く宝石のような白い花に目を奪われる。その花は、大きな掌《てのひら》のようにふんわりと花びらを広げていた。

「これは……百合水仙《ゆりずいせん》だったかな、確かもうちょっと違う名前がついていたような……」

「アルストロメリア、というそうだ。これはその中でも早咲きで香りが強い品種らしい」

チュールレースの生地で包み青いリボンで結んである。このまま花瓶に飾ってよさそうだ。

「喜んでくれたならいいんだが……花が好きだというから」

「花の名を戴いてからより花が好きになったんです。不思議ですよね…」

花の種を飲まされた経緯もあるし、まるで花が擬人化されたみたいな感覚……と考えると、またちょっと怖い発想になりそうだから、やめた。

（すぐにネガティブ思考になるのは、元来の陰キャな性格ゆえ……なんとかしたいものだよな）

せっかくレオンスがイリスのために花を贈ってくれたのだから、と気持ちを切り替える。

「さっそく飾ってもいいですか？」

「ああ。もちろんだ。おまえの名の元になったアイリスは……これからが見頃になるな」

「そうですね。楽しみです」

花瓶に花束を差し込むと、ちょうどよくおさまった。ラッピングもデザインの一部として部屋を彩ってくれる。レオンスがイリスのために考えてくれたと思うと、たちまち愛おしさがこみ上げてくる。

アルストロメリアの花言葉も調べておこう、とイリスは思う。

「そういえば、修復絵師に転職を勧められていた、とジュストから聞いた」

レオンスが笑っている。イリスは思わず肩を竦《すく》めた。

「ジョブチェンジはもうしませんよ」

こりごりだ、とため息がこぼれる。

「わかっている。心変わりもさせない」

そう言って意趣返しをするレオンスに、

「しませんよ」

イリスは即座に返した。

「わかっている……が、それでも、嫉妬はする」

不満げにレオンスが言う。いつの間にか、レオンスはイリスの後ろに立っていた。

「嫉妬って。ジュスト様のあれのことなら、悪戯《いたずら》ですよ。弟がかわいくてからかっているんです」

ジュストのことを思い浮かべながら、イリスは苦笑した。

「それも、わかっている。だが、それだけではないんだろう。あいつは……おまえのことも本心からかわいいんだ。俺にはわかる……だから、おまえを俺の腕に閉じ込めたくなった。どこにも行かないように……」

背後から抱きすくめられ、息が止まりそうになる。彼の独占欲をぜんぶ、ぶつけられるようでドキリとした。耳に触れる吐息にぞくりと戦慄《わなな》く。

「……んっ！」

「なあ、ぎっくり腰とやらは落ち着いたのか？」

まわされている腕からレオンスの体温が感じ取れる。

「は、はい。ぎっくり腰……のようなものだったようで、もう全然ピンピンしてますよ」

ほら、と振り向きつつ動いてみせると、レオンスは納得したようだ。

しかし。

「ならば、問題ないな」

言葉の選択を間違えたらしい。そのまま抱きかかえられてベッドへと連れていかれてしまう。

「待っ……！」

「待たない。どれほど、お預けを喰らっているか、おまえだって知っているはずだ」

二人の間に、花の甘い香りがまとわりつく。

花の香りにあてられたのか。

熱の勢いにあてられたのか。

めくるめく夜の戯れがはじまって……いつもよりも深く欲してしまう。

「愛している、イリス」

「ん、……は、僕だって……愛していますよ、レオンス様」

口づけのたびに身体中に媚薬《びやく》が回ったみたいに酩酊《めいてい》してしまう。

「レオンス様……」

「欲しがりは、おまえの方だったな」

深くまで求められ、身体が弓なりのようにしなる。容赦ない愛が打ち付けられていく。

不変の想いを刻み込むように。

「あっあ……!!」

最奥へと熱く注がれるたびに、下腹部が波を打つ。

もっと欲しい。すべてが欲しい。二人の絆《きずな》が深く結ばれることを望んでいた。

★4

誕生祭の数日前、賓客が続々と王宮入りしていた。警備が普段よりも厳しくなる中、王宮に仕える侍従らが、宿泊する賓客をゲストルームに案内する姿が見られた。

不意に、ひときわ目を引くゲストに視線を奪われる。他国の王女と思《おぼ》しき民族衣装に身を包んでいたが、その隣にはレオンスの麗しい姿がある。認識した瞬間、どきりと鼓動が波を打った。イリスはとっさに柱の陰に隠れてしまった。

(なぜ、僕が隠れる必要が……)

そろりと柱の陰からその様子を窺《うかが》う。レオンスはこちらに気付いていない。よそゆきの笑顔を浮かべ、少女の話し相手をしながらエスコートしている。

彼の後ろには無論、ジュストの他にもうひとり護衛の騎士がついており、少女の方は執事と思しき初老の男性と侍女を伴っていた。

他国から訪れた王女らしき少女に、すれ違う者たちは恭しい挨拶をもって応じ、愛らしい様子にため息をこぼしていた。

ブルーノア王国には王太后の逝去以来、王室を代表する女性の存在がない。長らく見ていなかった華のある存在に、皆が心を奪われている様子だった。

ちくり、と薔薇《ばら》のトゲに触れてしまったような微《かす》かな痛みがどこかに走った気がした。

ブルーノア王国の王室において、かの獣憑きの呪いで人外になるという点から、後継者たちの結婚相手は雌雄を問わない。長きにわたり呪いに苦しめられてきた王室と後継者、そして彼らのために奮闘してきた者のひとりとしては……こんなふうに考えてはいけないことかもしれないが、「雌雄を問わない」という部分に今さら助けられているような気持ちだった。

（元々、シークレット・クラウン……というBLゲームの世界が下地になっているのだとしても、ね）

跡継ぎが求められるのであれば、尚《なお》のこと——レオンスの花嫁になれる権利が、イリスにあったことが幸いだ。無論、レオンスが性別ではなくイリス自身を見てくれていることはちゃんとわかっている。

けれど、この世界が残酷なことを知っているから……不安だ。

どうしたら不安を取り除けるのだろう。好きになればなるほどに、愛される悦《よろこ》びを胸に抱く分だけ、失う怖さを恐れてしまう。

不安になることなんて何もない、とイリスは首を振った。

そして改めてレオンスの方にだけ目を向ける。

（あんなふうにしていると、やっぱり王子様なんだよなぁ……）

瑞々《みずみず》しい気品の中に雄々しい色香を漂わせる彼に惚《ほ》れ惚《ぼ》れし、ドキドキさせられてしまう。ただ、見つめているだけで、胸が熱く焦がれてしまう。

（他の誰かに、とられたくない……）

無意識に心の声がこぼれてから、イリスはハッとする。急激に恥ずかしくなってかぶりを振った。

こんなふうに苦しくなるのは初めてだった。自分の中にこれほどまでの独占欲があるなんて。

ノエル王子の大事な誕生祭が間もなくはじまるのだ。くだらないこどもじみた些細《ささい》な嫉妬に振り回されて闇に取り込まれている場合じゃない。

（僕も何かお祝いの言葉を考えなくちゃ……）

しかし今は何もいいアイデアが思い浮かばない。

気晴らしに、花壇を見にいこうか、とイリスは思い立つ。あれから代理の絵師が手伝いに駆けつけてくれたおかげで修復の仕事はやり遂げられたらしい。改めて礼を言われた、とレオンスが言っていた。

しばらくすると、後ろから呼び止められた。

「イリス」

振り返れば、レオンスの姿があった。取り乱していた自分の胸の内を知られたくなくて平静を装おうとするが、表情が少し強張っていたかもしれない。

「どうした？　疲れてはいないか？」

すぐにレオンスが気付いてくれる。そんなふうに案じてくれる彼を思うと、さっきまで窮屈になっていた感情が浅ましい。つまらない嫉妬なんかで大事なことを見失ってはいけない。

「レオンス様こそ、もう、いいんですか？」

「他国の王女のもてなしは……今後は他の誰かに頼みたい」

レオンスが疲れた顔をして言った。

「とても立派でしたよ」

「以前ならば、兄上の仕事だったんだ。ノエルが一日も早く、成人することを願うばかりだな」

或《ある》いは――いつか、レオンスとイリスの間に生まれる子が、王子が……誰かをエスコートする日が来るかもしれない。

そんなふうに想い浮かべたその時だった。

天が回るような眩暈《めまい》を覚え、その直後に吐き気を催した。

「……っ」

口元を押さえる。何も吐き出すものはない。ただ、違和感があった。

貧血を起こしたみたいな、血の気がさっと引いていくような気配がした。

「どうした？　大丈夫か？」

ふらついたイリスの身体を、レオンスが抱きとめてくれる。

「気分がよくなくて」

それは言葉通りにむかむかしているという意味だ。嫉妬とか不安とかそういうのではなく、身体的な変化だった。落ち着くまで、レオンスの胸に額を寄せつつ、寒気がこみ上がってくるのを我慢しながら、イリスはハッとした。

人間の女性であれば生理が止まったことで気付くこともあるという。しかし同性同士の妊娠、それも獣憑きの呪いにより人外の血を引いているこの国の妊娠出産事情は普通とは異なる。

「ひょっとして……」

先にレオンスが口を開く。イリスもまた閃《ひらめ》いた。

レオンスとイリスは思わず互いの顔を見合わせた。

多分、きっと。不思議と、この予感は外れていない……そんな気がした。

たちまち胸を占領していたやるせない気持ちが、嘘《うそ》のようにすっと溶けていく。

「どうやら、嫉妬している場合ではなさそうだ」

「同じことを思いました」

「おまえが嫉妬する要素はどこに？」

「……あったんですよ。あまりにお似合いだったので、あの素敵な王女様と……」

やや、拗《す》ねた口調になっていたかもしれない。

「ふうん。おまえでも嫉妬をするのか」

なんだか嬉しそうにしているのが悔しくて、イリスはむっとしてしまう。

「しますよ」

「俺なんか、もっとしている。おまえよりも、だいぶ前からずっと……」

「張り合わないでください」

「本心だ」

レオンスはそう言い、イリスの唇に人差し指をトンと乗せた。もうそれ以上、言うなということらしい。

「……他の誰にもやらない。おまえが誰かのものになる未来なんてあるはずがない。そういう自信がある。だから、心配なんてするな」

レオンスにそう言われると、心の底から安堵できる。そんな包容力を感じさせてくれる。元々レオンスには頼もしさがあったが、王の右腕としてよりいっそう政務に打ち込み、そして広い視野で構えるようになったからか、今まで以上に心強さを与えてくれるようになった。彼自身の魅力がそうさせているのはもちろんのこと、イリスがそれほどレオンスを信頼している、愛している証《あかし》でもあるのだと思う。

イリスはようやく安心し、それからレオンスに胸の内に抱えていたものを打ち明けることにした。

「名前を、ずっと考えていたんです」

「どんな名だ」

先日とは違い、今度はレオンスは呆《あき》れることなく、話に耳を傾けてくれた。

「花の名をつけたいと思っていて、つい先日、レオンス様がくれた花の……」

アルストロメリア……百合水仙。その花言葉は、未来への憧れ、希望……。

そこからレオンスとイリスの響きに近い言葉をとった。

『アルス』

「いい名じゃないか」

屈託なく笑顔を咲かせたレオンスを見て、イリスもまた花が開くように表情を綻ばせたのだった。

＊＊＊

それから——。

懐妊したのち、喰い殺される怖さを乗り越え、イリスは出産に挑んだ。

そうして腕に抱いた我が子に、花の名をつけた。

『アルス』

あなたがいつか憧れる未来には、希望がたくさん溢れていますように。


愛を知り、絆を育み、そしてその証を実らせたのち、王家の呪いは解けて、マティアスとレオンスの獣憑きの痣は完全に消え、人外へと変貌することはなくなり、やがてジュストの生殖機能も戻された。イリスが望んだ、すべての呪いは消失した。

——その代わり、イリスは、元の世界のことを忘れてしまった。無論、秘密ルートその2が残されているということも。イリスとは切り離されたエンディングを迎えたからだ。それすらも今のイリスが知る由はない。

けれど、この先、彼は忘れることはないだろう。

幸せをくれた夫レオンスと、花の名を戴いた我が子のことを。

いずれ、まだ愛を知らないジュストも誰かと恋をするのかもしれない。

それはイリスのように異界からの訪問者か、転生者か、或いは——。

その先は、『此の世界』では描かれることのない、『神様』のみぞ知る物語だ。

あとがき

こんにちは。森崎結月《もりさきゆづき》です。

この度は『悪役魔術師は黒豹王子の愛され花嫁　ＢＬゲーム世界に転生したら強制的に秘密ルートで攻略対象の番になりました』をお手にとっていただきありがとうございます。

実は、本作品はシリーズものとして一作目『悪役令息は白豹王子の愛され花嫁　ＢＬゲーム世界に転生したら強制ジョブチェンジで獣使いになりました』のスピンオフ作品になっておりまして、ブルーノア王国第一王子マティアスに引き続き第二王子レオンスとの異世界転生ＢＬゲーム攻略物語（？）となっております。主人公はそれぞれ別となっており、今回の主人公は前作でもちらっと絡みのあったあのキャラです！

勿論一作品としても読めるようにしてはいますが、ぜひこの作品を読んで気になったよ、という方がいましたらそちらもまた御覧になっていただけるとより深くこの世界を感じていただけるのではないかと思いますので、ぜひともお手にとってみてくださいませ。

前作も読んで今作も読んだよ、という方がいましたら、わぁありがとうございます。楽しんでいただけたでしょうか？　私も今回、掘り下げすることができて楽しかったです。よろしければ参考までにご感想をお寄せいただけると幸いです。

さて、あとひとり……攻略対象が残っていませんか？　ど、どうしましょう？　実は私がいちばん好みの御方が残されているんですよね。もしも叶うのならば……機会をいただけたら、ぜひシリーズ三作品目を執筆したい！　という野望を抱きつつ、あとがきの結びとさせていただこうと思います。

今回、本編のほかにコミコミスタジオ様の特典ＳＳ（配布期間限定）、電子限定の特典ＳＳの方も書かせていただいておりますので、そちらも併せてお楽しみいただけたら幸いです。

それでは。ここまでお読みいただきありがとうございました！

また近々お会いできますように。この度は誠にありがとうございました！

森崎結月

年上御曹司α×ツンデレ美人Ω、年の差シンデレラストーリー

『αの溺愛に飼われΩは本物の愛を知る』

森崎結月　Illust.カワイチハル

定価：1540円（本体1400円＋税10%）

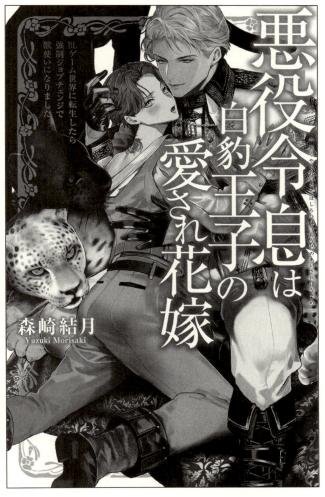

VIP専用ホストの青年が、セレブ社長に溺愛されて…？

『溺愛社長の専属花嫁』

森崎結月　Illust.北沢きょう

定価：957円（本体870円＋税10%）

切ない心がすれ違う、センシティブ再会ラブストーリー

『愛しい指先』

森崎結月　Illust.陵クミコ

定価:957円(本体870円+税10%)

リンクスロマンスノベル

悪役魔術師は黒豹王子の愛され花嫁
BLゲーム世界に転生したら強制的に秘密ルートで攻略対象の番になりました

2025年1月31日 第1刷発行

著者　森崎《もりさき》結月《ゆづき》
イラスト　北沢《きたざわ》きょう
発行人　石原正康
発行元　株式会社 幻冬舎コミックス
〒１５１－００５１　東京都渋谷区千駄ヶ谷４－９－７
電話０３（５４１１）６４３１（編集）
発売元　株式会社 幻冬舎
〒１５１－００５１　東京都渋谷区千駄ヶ谷４－９－７
電話０３（５４１１）６２２２（営業）
振替　００１２０－８－７６７６４３
デザイン　kotoyo design
印刷・製本所　株式会社 光邦

幻冬舎コミックスホームページ　https://www.gentosha-comics.net